停工待料：台廠人

飛梗

目次

第一章

離鄉——過去、現在、未來

牆裡牆外

//

機場、值機櫃台、免稅店、候機室，是家鄉與異地的轉接口，拉著行李在機場免稅店閒晃成了每隔幾個月返台熟習的機場風景，我心底並無旅行者的喜悅，也沒有探親者的期待，更無絲毫商務人士的優雅餘裕。

廣播結束後，我坐進廉航狹小的座位，至少，公司沒有幫我訂紅眼班機[註1]。從台灣到澳門，只需一小時五十分鐘的飛行時程，彷彿機長播報起飛的宣告才剛剛傳抵耳中，隨即便收到機身降落的宣讀，航程短得連一部電影也看不完，更沒必要轉換時差或心情。機身降落所引發的耳鳴和機艙底部的震動，直接了當地將我拉回現實世界。晚上九點，在澳門國際機場落地，我拖著行李箱出關，見到公司司機半舉著寫有我名字的牌子，人則倚在路邊抽菸。我朝他招招手，在這炎熱的夜晚，還要再搭一個半小時的車程，才能到達位於廣東的工廠，司機身上散發的菸味和體臭融為一氣，隨著車內的空調飄送，陣陣飄向後座乘客的鼻腔。

車子駛經澳門關閘，我在車上替換手機SIM卡，眼見收訊名稱從中華電信變成「中國移動」，趁著最後還在牆外的幾秒鐘，我貪婪地滑著Facebook，直到頁面完全轉為蒼白而顯示收不到訊息為止，我不得不滑開WeChat的好友圈，繼續滑手機消磨時間。而手機的狀態正好清楚地告訴了我身在何方——牆裡與牆外，選擇高薪赫職，卻必須割捨其他輕亦至重之物。

車子持續行駛在高速公路上，還好這時沒堵車，經過一整排外貌相同的建築，車身前行了五分鐘，車窗外還是一樣的屋景，有如複製貼上的大型克隆社區，滿滿的社會主義風情畫。

到宿舍時已近午夜。我回來了，回到這一處僅供蜷身黑眠的仄室。宿舍的廁所只是一個上方鋪設磁磚的洞，棉被與床墊裡藏了幾隻跳蚤，我拿牠們完全沒辦法，我強烈地思念著台北城市裡那溫暖鬆軟的獨立筒床墊和免治馬桶。許多台幹和我一樣，在台灣買最高檔的床墊，為退休生活準備最好的生活品質，一年卻睡不到幾次，大部分時間是給塵蟎睡的。總而言之，在這裡的生活沒得挑，只能自我催眠當兵數饅頭，等存到退休老本後，就能永遠離開這個鬼地方。

俎上肉身

隔天一大早，我走進浴室，洗手台旁邊放著幾瓶我從台灣帶來的北歐芳香精油，我從濾水壺倒了一杯過濾水準備刷牙，鏡子旁是兩面大窗，直接面對著工廠廠區。廠區背後的廣場水泥地滿是裂痕，生命力旺盛的雜草從裂痕間萌芽爆出。灰濛濛的天空滿布粉塵，積木般的工廠和一管管細長的煙囪，看著模糊的風景，還誤以為是眼鏡沾上了髒漬。空污將這個城市的彩度瞬間調降了幾度，只有微弱的街燈和遠方煙囪排放著灰白的煙霧，日日與這貌似世界末日的景致、面對面地刷牙漱洗。

通常，一座廠區會規劃、保留出一小塊宿舍區。早期的工廠老闆和台幹都住在廠區裡，以廠為家是台商工廠的雛形。在工業區裡，清晨迎接我的不是草木的濕氣，取而代之的是空氣中傳來陣陣燃燒塑膠的刺鼻味。空氣污染和水污染最大差異是，你無法擺脫空氣中的粉塵，水污染可以用濾芯過濾有毒物質，但空氣污染是無形的，空氣每分每秒都是必需品，我曾嘗試二十四小時連睡覺都戴著口罩，但攝取污穢之吐息乃無可避免之惡。

該買台空氣清淨機了，否則賺了錢可能沒命花——這事實在諷刺，人類污染空氣，再買空氣清淨機過濾空氣。——一邊想著，一邊向剛起床的室友們點了點頭，算是打過招呼。

在廠區，階級無所不在，即使只是看新聞節目配飯，其中也存在著刺目的階級落差。

清晨梳洗完畢後，我走去廠區裡的員工餐廳。餐廳被劃為兩個區域，一進門是陸籍幹部餐廳，經過打菜區後，有間隔設了玻璃窗、彷若偵訊室般的小房間，而這裡才是台灣人吃飯的地方。和基層陸籍勞工不同，陸籍幹部享有的特權是能和台籍幹部享用同等的菜餚。不過，台籍與陸籍的員工仍然遵照分開用餐的守則。陸幹吃飯通常配央視新聞，而台灣人則習慣佐以台灣電視台。能在大陸播的電視台，通常是親近共產黨的媒體——俗稱共匪台，其中的台灣新聞也都已經被剪輯篩濾過了，或將台灣國旗及相關敏感字眼抹上安全的馬賽克。

陸籍主管無論升到再高的職位，也無法進去小房間和台灣人一同用餐。台灣主管也偏好分開用餐，因為工廠內部有許多機密並不想讓陸籍主管知情，這是眾所皆知的潛規則。偶爾，會有新的陸幹誤闖台幹餐廳，大家會用打量菜鳥的眼神望著他，隔天，對方便會識趣地返回陸幹的位置用餐——工廠自具這種自動調節的平衡機制。

播放台灣新聞的電視螢幕前有一張原木桌，是留給最高層台籍主管的專屬座位。每當我打完飯菜，總喜歡獨自躲去餐廳角落，這天，我在工廠裡少數聊得來的好朋友唬哥，端著餐盤在我對面坐下，唬哥已在大陸待了將近二十年，將近奔五的年紀，講起話國台語交雜，英文倒算流利，不僅應對歐美客戶一把罩，也相當了解大陸的人情世故。

唬哥剛到此地時，正是台商進入大陸市場的黃金年代，大陸經濟迅猛起飛，他待在海景第一排的絕佳位置，見證了許多台灣公司的樓起樓塌，看盡台幹圈裡來去更迭。唬哥的口頭禪是：「這裡不是人待的地方」。

「你昨天從台灣回來啊？」唬哥將餐盤擱在我對面桌上，整盤湯湯水水差點溢出盤緣。

「什麼『回來』？是『來』——這裡又不是我家，有什麼好『回來』？」其實大家心裡都在倒數，希望哪天刷卡攢到的是單程機票。

「唉，回來做什麼鞋子？現在做鞋子都不賺錢，乾脆去賣毒比較快！」唬哥開口便是連串的怨聲震天，「公司上市、股票大漲，但錢是老闆在賺，和我們沾不上邊，你的薪水往上調過幾塊錢？」

「餐廳什麼時候多了烤吐司機？」我瞄向一旁台、陸籍餐廳裡各多添的一台機器，是那種當吐司烤好會清脆地「啪」一聲、讓焦脆的吐司向上跳出頭來的新玩意。機台前頭正大排長龍。

「你上禮拜返台的時候，才從普通烤箱換成烤吐司機，對面那些憨呆連看都沒看過，頭幾天，完全沒人敢碰那台吐司機，好像它是外星來的高科技一樣。直到親眼看見我們台灣人直接把吐司塞進去烤，他們才有膽子開始用啦，一群憨呆，連吐司機都沒看過。」唬哥瞇起眼睛，用上帝視角看著外面的人龍。

我看到餐廳中自助取用的不銹鋼溫水加熱鐵盤後頭多了幾道菜餚，其中有一條大約有男鞋十三尺碼長的大魚，魚身長度接近我手肘到手掌，表皮被廚師香煎的酥脆，更一旁則放著一隻碩大的烤雞，以及幾籃子的高級水果。比起準備員工伙食，工廠對於準備拜拜的食材更來得耐心地多了，祭拜完後，這些食物僅會分贈給台幹們。——當然，和員工的飯菜相較起來，神明的飯菜重要得多。

台灣工廠大多講求風水，而我們工廠除了祭祀本土神佛，還設立了許多藏傳佛教的雕塑，如果不是因為顧及產線，整座廠區應該可以直接改建成宗教園區。每年七月鬼門開，老闆會請出比鬼還像鬼的法師穿上黑色道服、手持桃木劍在廠區門口揮舞作法，法事過程中，每名幹部都必須出席，雙手捻香整齊劃一地站在法師和老闆身後，一起祭祀好兄弟，法事結束後，燃放一長串數十公尺的鞭炮。法會完畢，我們這些小台幹要負責幫忙燒完數箱金紙，漫天飄散的金紙灰燼，再自然不過地融入工業區原已飽受污染的天空。

我常常在想——一座工廠應該建造成什麼顏色？雖然這些建築都是依據法師的風水學建議而建蓋，但從視覺與心理的舒適度來看，壁面確實不太適合刺激感官的顏色。畢竟，員工一天得在工廠內待上八小時，每週五天半，日復一日、年復一年地生產、勞動，每天重複相同的工作直到退休老去，考慮到這一點，粉綠、粉藍、粉紅或米白色的建築外觀可能比較合適，這些柔和的顏色能夠讓人們感到平靜舒適。某些工廠建築則讓我聯想到學校，這兩者都是為了容納多人共處的集體空間，也許學校也是某一類工廠，生產、組裝出能夠協力讓社會運作的人，而我們這些「良品」們，則拚命地努力工作，好維持社會秩序的平衡運行。

這趟休假返台，逛街時我買了兩雙Nike球鞋，價位大約都落在四百元人民幣。上班返工第一天，竟有種開學日穿新鞋的錯覺，工廠中的每個人都是製鞋人，見鞋總會評論兩句，例如「這隻鞋子開版開得不錯」、「鞋身結構設計得很棒」或「顏色搭配得滿美」。每個人瞬間搖身變成專業球鞋鑑賞家，而每一雙新鞋也總會成為同事們的目光焦點。

「新鞋子啊？很好看哦！」陸籍主管一進門便開口讚美

我的新球鞋。

「剛好遇到打折就買了，一雙只要四百元，滿划算的。」

陸籍主管立刻收起笑容，一言不語地轉身離去，我瞬間感到錯愕，是方才自己說了什麼不該說的話嗎？

「你回來了？還買了新鞋？」一位陸籍同事盯著我的球鞋，順口問了一句。

我稱這位陸籍同事為「小老鼠」，她的身材嬌小，有雙圓滾滾的大眼睛，語速很快而音調尖銳，總是可以在堆積如山的幾百捆車線中精準找到她要的色號，是個聰明伶俐的女孩，初中畢業就開始工作，二十歲便從湖南嫁來廣東。

「是啊，打折後一雙才四百塊，我買了兩雙。」

「你怎麼可以一次花八百塊買鞋！」她鬼吼鬼叫地大聲嚷嚷，深怕沒人聽到。

此刻我才意識到——原來八百元人民幣已經逼近她半個月的薪資。她腳趿的鞋子是我從沒看過的大陸貨——比起西方品牌，大陸品牌的材質差了一大截，價錢僅需九十元人民幣。在這裡，Nike、Adidas、New Balance等舶來品都是奢侈品。大陸連Vans這種平價品牌都有仿冒品，說來也許教人驚訝——怎麼會有人想去仿造這種平價的商品？但就當地的薪資水平，仿冒品其實有著非常可觀的市場。

諷刺的是，工廠工人買不起自家生產的鞋子。美國年均薪資六十三萬美元，一雙帆布鞋售價約為四十美元；而在年均年薪資十六萬美元的台灣，售價也是同樣的四十美元；在年均年薪資為五千美元的大陸，售價依舊是不動如山的四十美元。相較於第一世界的薪資，工廠方是在山腰仰望山頂的人，第三世界的勞工則委居於山腳之下。

在工廠外圍，偶爾會見到小販在兜售鞋子，這些看似有牌有價的鞋款，通常都是零碼鞋，東一隻西一隻地隨處亂扔，揀配成一雙便算撿到寶。其中，以Nike為最常見的品牌，每雙售價大約是八十元人民幣。我原本以為這些零碼鞋是大品牌代工廠流出的瑕疵品，實際上，這些零碼鞋卻是所謂的「高仿鞋」，經常可以看見陸籍同事們停下來試穿選購。普通帆布鞋在大陸的出廠價約為二十至五十元人民幣，到了歐美每雙售價則超過四十美元，品牌獲利驚人！即便工廠看似獲利不高，巨量生產，依舊足以讓鞋廠老闆們躋身於富豪排行榜。

這日午休時間，實在吃膩了台幹餐廳千篇一律的食物，我突發奇想，想讓小老鼠帶我去基層陸籍餐廳用餐。

「你有毛病啊？台灣人餐廳不去吃，你不吃不如我吃吧。」小老鼠聲量依然宏亮。

「好啦，我們這組同事剛好有人請假。」說著，她拉開隔壁辦公桌抽屜，拿出當日請假同事的工作證，朝我微笑，「有時碰上遲到，我們會互相幫忙打卡，剛好這人本月的吃飯點數還沒用完，不用掉也浪費。」

走出廠區大概十五分鐘腳程，才抵達陸籍員工飯堂。沿途全無遮蔽的蔭影，夏天正午的烈日曬得後頸微微刺痛，想著等吃完還得原路走回來，早知如此，應該帶把陽傘或遮陽帽才算聰明。

陸籍員工餐廳是由工廠外包給當地的餐飲供應商，衛生環境極差，除了四周可見蒼蠅和老鼠的蹤跡，員工們中午都得捏著價值六塊錢人民幣的飯票到食堂換餐，如果吃不飽，就得自掏腰包來買餐券加菜。換餐地點和空間幾乎與羽球場差不多大小，大夥紛紛以跑百米的速度向前衝刺，一面牆上開著約十幾扇小窗，小窗前方兩側豎立著防止插隊的不鏽鋼柵欄，人們把餐券遞給小窗裡的大嬸，換來應得的一分餐點。餐廳並非將所有的餐點都外包給同一家餐飲公司，不同廠商之間彼此習常地削價競爭，但因為工人口袋缺錢，就算食物難以下嚥仍舊銷路熱烈，勞工都只是求頓飽餐。我拿了八塊人民幣餐券，換了一分蒸肉餐飯，蒸肉餅看不出來是什麼動物的組合肉， 腥味膩重，本來該附的蔬菜則以便宜的粉絲代替。

與台幹不同，陸籍基層員工並無包吃包住的福利，吃飯和住宿都需要另行付費[註2]。許多香港老闆開設的工廠雖然包吃包住，薪資卻更低廉，因此，這些基層員工們還是選擇來台籍工廠工作。相較之下，台籍工廠宿舍較大，浴廁簡陋但乾淨，我住的宿舍只有台灣人和陸籍主管居住，而一般基層陸籍宿舍環境卻糟糕無比，不僅多人同擠一間房室，衛生情況也不樂觀。我曾經和其他台幹討論過這些差異，但台籍同事們多半認定陸籍員工的生活習慣本就較差，因此「不會介意」惡劣的居住環境。

「這是什麼肉？」翻開蒸肉，飯上雖然淋了肉汁，卻無法掩蓋米粒的霉味，我吃下一口，隨即深切地意識到我的肉身健康受到了嚴重威脅。

「不知道，反正是人吃的肉啦。問你哦，你們台幹薪水是多少？」

「不行啦，公司人資規定不能透露。」

「但至少你們吃飯不用付錢吧？不像我們，真不公平！」

飯後，為了對小老鼠表示謝意，我順路帶她到小賣舖挑選零食飲料，我隨即買了一罐可樂。在大陸，每當吃到這種像是用地溝油料理的食物時，我總會習慣性地買罐可樂喝，帶有儀式感地想像它能夠給我的腸胃消毒殺菌。可口可樂這些外商品牌，大概是工廠裡最讓我有安全感的食物。

候鳥爸爸

//

這家工廠的廚師不久前都還是從台灣高薪挖角過來，現在都換成便宜的大陸廚師，不了解台灣菜，常常煮出不合適台灣人口味的菜。就拿今天的甜湯「海帶綠豆湯」舉例，綠豆湯加上黑白切的後海帶切絲，這是廣東道地甜品，清涼退火。相較於純綠豆湯，加海帶還是有誠意、進階的吃法，但對台幹來說是邪惡的存在。

「今天的菜味道好怪，辣、鹹、油，大概是陸籍廚師又『著猴』了。」我一邊注視著肉上頭浮著一層不知名的辣油，一旁是炒得死鹹的醋酸土豆，腦海裡一邊浮現飯後跑去小賣鋪、或去隔壁停車場覓一間路邊攤填飽胃囊的可能性。吃完飯通常我會沿著廠區旁污濁的小溪散個步，正當步出廠區，便見到三三兩兩的台幹們正信步停車場的攤販區而去。

唬哥總是告誡「出外人吃個粗飽」就好，別碰那些路邊攤，不健康。烤肉串不知道哪裡來的肉？搞不好老鼠肉都混進去了。一句廣為流傳的玩笑話——廣東人四隻腳的，除了椅子都吃。台幹之間關於食安的傳說很多，聽說有些商人回收大型化學原料桶來燜煮烤玉米，產生劇毒。新聞報導不肖業者用輪胎當原料，製作珍珠奶茶的珍珠，喝過的人照X光，還照得出胃裡一顆顆珍珠，如此一般的獵奇新聞不勝枚舉。我曾經親身在宿舍旁的小商店買過假的寶特瓶裝可樂，喝起來味道不一樣，不但比較甜，又沒什麼氣。好奇心驅使，上網搜尋發現許多網友警告不要買寶特瓶的可樂，這些假貨使用回收瓶子，重新灌入假可樂後再賣。買鋁罐的可樂比較安全，由於製作鋁罐的機器很貴，比較難造假。

工廠外派的男女員工比例，約略為三比一左右，而我大部分的朋友仍然都還是男生，一塊兒聊天吃飯時，竟有種置身於兄弟會的感覺。我們這群外派的男生們，個個皮膚曬得黝黑、有些身上刺龍繡鳳的，性情也大抵不拘小節。畢竟此處是一座工廠，不是什麼菁英匯聚的厲害地方。有時當我不小心走路步伐稍趕了些，走在一夥大男孩前頭的自己，看上去竟有點像領著一群江湖子弟出門。廠區外圍原本是一整片荒蕪的停車場，下班時間之後，攤販們便陸續聚集滿患，有種類似台灣南部夜市的風情。這裡的在地小吃種類可說是五花八門，包括肉夾饃[註3]、麻辣燙[註4]、醬香餅[註5]……，全都是當地廣受熱愛的庶民小吃，也全是在台灣鮮少嘗過的新鮮口味。

每回，總有幾名年輕的父親會跟著我們這群貌似凶神惡煞的小夥子們一起閒逛，我將他們稱為「燕子爸爸」。每過幾個月，這些年輕爸爸們，就像燕子返巢般地飛回台灣看看家人，再挾著隨身的路費飛回到廠區。

「你是上禮拜返台對吧？下禮拜就該我回去了。」燕子爸爸一號說道，他的小孩尚在襁褓，不過五個月大。

「什麼時候把小孩接來？」

「上幼稚園吧，現在都是給老婆和她娘家照顧，小朋友這麼小，怎麼可能過來這邊？況且還有前陣子鬧得超大的毒奶粉事件哩！」

「我家小鬼明年要上大學了，到時候應該會申請英國留學吧！」燕子爸爸二號亮出手機螢幕桌布，一張幸福滿溢的全家福照片，對映著雲霾灰濛的天際線，形成強烈的違和感。溫暖的神情相較於在產線工作，與在管理大陸操作員時的冷血形象大相徑庭。

另一位爸爸小孩才呱呱墜地，已經在排隊申請家庭房。公司除了家庭房還有夫妻房，就為了讓台幹們能夠安心在海外工作，也歡迎另一半加入公司，一起（為了公司）在海外打拼。有些夫妻為了不分隔兩地，一方放棄台灣的工作，女性犧牲為多數。

燕子爸爸們之間的閒談，聽起來就像是主婦們的閒話家常，除了工作上的碎嘴抱怨，話題多半總圍繞著家人，就算人在海外台灣，還是得處理婆媳相處與孩子教養的各種問題。為了支撐家庭經濟，燕子爸爸們選擇自我犧牲，就算被主管或客戶惡待，但出於養家的需求，無法任意離職、說走便走，因此，燕子爸爸們也是相對而言工作情態最穩定的台幹族群，尤其是相對於我們這群單身漢，一人飽餵全家飽，情緒一有差錯，很可能立刻便提辭呈。不過，有趣的是，在苦澀的工廠生活中，每當爸爸們掏出手機大秀可愛的兒女時，臉上總是洋溢著幸福的笑容——這就是燕子爸爸們的日常小確幸。

公交車趣譚

//

某個下午，唬哥神秘兮兮地把我叫過去，當著我面前掏出一疊白花花的紙鈔，總數約莫四萬元。他將厚厚一疊鈔票塞進牛仔褲口袋，往自己屁股上用力一拍！大聲說：「錢！就是『查埔人』的膽！晚上出去痛快玩一場！」

每年的產品開發的樣品試做[註6]階段，品牌設計師和開發人員會遠道而來到工廠看樣品鞋，也就是台幹們揣著大把人民幣、和客戶盡情花天酒地的時機。唬哥和我接獲指令，要在晚上出公差，陪客戶大啖兩萬元人民幣一頓的豪奢晚餐。這種餐會通常只有台幹或少數高層陸幹才能出席，而工廠中每名員工都會使出渾身解術拉攏客戶，滿心盼著卡到利潤最豐厚的訂單。

無奈的是——享用過佳餚後，我們的客戶竟然被其他工廠給「攔胡」了！平常這種時候，我們會選擇直接打出租車回宿舍，但今天卻心血來潮地跳上一班公交車，一站一站地停，雖然浪費時間，但總會回到宿舍。

公交車上的乘客人數不多，六、七點時段，乘客們大半面帶倦意。有些乘客蜷在單人座位中打著盹，有些醉酒的乘客，則大剌剌橫躺在後座的雙人座椅上，濃烈的酒氣飄散在車內的空氣中，位於後半節車廂處的橫條掛桿上，垂吊著一整捆的塑膠袋，我猜，大抵是提供給有吐痰及嘔吐需要的乘客使用的吧？由於行駛的路面狀況極差，一整路車身顛簸、搖晃個不停，吊在橫桿上的整捆塑膠袋也隨之甩來盪去。車子後座有一名中年男子，理直氣壯地霸占了整條雙人座，他仰起頭，在安靜的車廂裡啐了口濃痰，就直接啐在地上，再以鞋底將痰沫抹開，便如同沒事人般地哼著小曲。隨痰液慢慢地乾涸，將車廂的地板的顏色更加固了一道深色。至於公交車內的握環和下車鈴，也塗佈了一層厚厚的油垢。

「東莞、深圳這些沿海城市，比起過去明顯蕭條太多了，工廠外移到東南亞，光光不過是五年前，街上還是從各個省分來討工作的人潮，每個人心底都揣著『深圳夢』——看看現在，只剩回不了家、被騙錢的台流。」唬哥醉興與談興一併大發，滿滿的酒氣和唾沫直噴到我臉上。

「看看吧，現在景氣是這樣——多少國際企業跑了，多少當地勞工也跑了，連我們公司人資都找不到人，更別說沿街滿滿招工的臨時攤位。聽說公司在北越已經拓點設廠了，上週我們副總還去緬甸當地勘查，應該也是打算去緬甸設廠。」說著，唬哥又乾掉一罐青島：「總之呢，明天終於是品牌客戶待在這裡的最後一天了！希望這群老外早點滾——真是一群光會找麻煩的傢伙——幸虧昨晚那家店的小姐水準都挺不賴，多虧了小姐姐們『那兩粒』的努力，鞋子的色卡終於簽下來了，我們台幹也卯足全力來逗這些老外開心！我還教這些大陸的鄉下姑娘一項絕招——台灣酒店特有的『螢火蟲』！你沒見識過吧？」唬哥連說帶比，手舞足蹈地現場就要表演起來，一揮手差點打到旁邊的乘客。「所謂的『螢火蟲』，就是小姐全身脫光光，在股溝間挾一根香菸，擺動雙臂跑來跑去，黑暗中只見到屁股上發亮的那點螢光——」

說起當年風光事蹟，唬哥談興絲毫不減，甚至愈說愈起勁：「想當年，小姐一字排開，老闆掏一疊大鈔少說有三十萬塊，一個一個地給小姐們發小費，玩得多瘋啊！」唬哥說著，安靜了下來，好像回到了十幾年前意氣風發的時光：

「以前年輕時，我還跟一個酒店的媽媽桑一塊兒混，說穿了就是談戀愛嘛，那些客戶被我直接領進她店裡，她再讓我抽傭金分紅，這才叫真正的『一條龍』啊！直到有一天，她男朋友突然握著一把刀子衝進房裡，我連內褲都來不及穿，就爬出陽台逃命去也——」唬哥邊笑邊說道，笑語裡摻雜著記憶的滄桑：「要買車，就要買德國車；要賺錢，就要賺美金；要娶老婆，就要娶日本老婆。要挑就要挑最好的，懂嗎？出來玩最好記住，千萬不要沉船啊，這種地方，沒有錢就沒有愛。」

「東莞一帶的台流[註7]也愈來愈多了，前幾天我搭出租車，司機本人就是台流，一來大陸就被女人騙光了積蓄，現在除了得照顧兩個孩子，還要付前妻贍養費，過著白天擺地攤晚上跑車的日子。」唬哥忽然感慨地說：「有些台灣富二代被家裡送來擴廠拓展生意，但沉迷厚街[註8]酒店，有些喝到死，有些喝完酒打架惹到黑道被砍死，多少年輕氣盛的台灣少年郎性命被斷送在厚街呀。」話題突然轉向台流，我忍不住問道：

「這些台流，為什麼不乾脆回去台灣？」

「失意的人就算回了家，仍然是失敗者，多丟臉啊！

雖然這裡生活條件糟糕，他們還是寧願留在大陸當吉普賽人。」

公交車倏地停靠於一處車站前，一位長髮及腰的女子跋步上車，一卷燙著優雅的大波浪，髮質卻顯得乾燥枯萎；女子膚色偏深、個頭嬌小、身量纖細。看起來約莫三十歲上下，卻帶了全臉的大濃妝，教人看起來顯老了五歲。女子帶著一臉疲憊的倦容，在我們對面的座位落座。

「這女的不簡單。」唬哥操起台語，嚴肅地低聲向我咬耳朵——通常當我們使用台語對話時，有九成的可能是講周邊某人的壞話。

「怎麼個不簡單法？」我充滿好奇心地洗耳恭聽。

「這……一定是隻雞[註9]。」唬哥低聲說，我正啜到一半的飲料不禁噴出嘴角，原本還以為他要發表什麼高論呢。

「而且，這還是隻……『老雞』。」唬哥話還沒到頭：「你看，在這個不上不下的時間點，都十點了還沒被點到台[註10]，大概台都被年輕雞搶光了！加上她還選擇搭公車！明顯是既沒有人點台，又沒人載她回家，其實滿可憐的。」

「難道你要因為看她可憐，援助一下『地方媽媽[註11]』？」

「過去援助很多了，什麼父母開刀，小孩大學學費，我也算是善心人士吧！雖沒有造橋鋪路，但厚街幾家酒店的柱子應該要刻我的名字，算是我樂捐的吧！二十幾歲的台幹，體力好，但沒有錢。三十幾歲的台幹，體力可以，捨不得花錢。四十歲以上的台幹，體力差，但有錢，做雞的都喜歡我這種。」

唬哥興致高昂地再度操起台語：「你知道嗎？我來大陸這麼多年，都沒有去哪裡玩，因為我發現女人啊，才是大陸最美的風景！我跟你說，大陸女人通常都沒什麼節操觀念，只要你口袋裡有錢，就算已經是人家老婆，也照樣樂意跟你睡……。」

預習遇襲

//

「嗶嗶——」

手機微信傳來訊息提示聲，滑開新的訊息串，是台幹群組裡正熱烈轉發越南罷工的新聞。

台塑越南工廠罷工！大同河靜鋼鐵廠淪陷政府失能。

2014年5月15日 06:15 AM

越南反中攻擊事件延燒至台商，台灣興業紡織廠和台塑越南河靜鋼廠先後遭到暴民入侵和包圍縱火，台塑集團決定暫停越南投資。受害的台商眾多，包括台灣正新輪胎廠、統一食品、遠東新紡織廠、榮剛鋼鐵廠、伸興縫紉機廠和凱撒衛浴設備廠等，損失都還在估計中。

台灣興業紡織廠位於越南同奈省，遭到數百名越南暴民入侵廠房、辦公大樓以及台籍員工宿舍，整個廠區形同「無政府狀態」。而位於越南中北部的台塑越南河靜鋼廠，傳出在軍方援助下遭暴民包圍，8名台籍員工陷入危機。

台塑集團在越南的投資涵蓋河靜鋼廠和同奈省的台灣興業紡織廠，投資金額高達115億美元，是越南目前投資金額最大的外資企業。然而，此次攻擊事件已導致台商陷入一片恐懼，家電大廠大同也宣布自越南撤資轉進緬甸。此外，預計將會引領其他規模較大的台商跟進，部分企業可能甚至會撤資。

台化暨台灣興業總經理洪福源於14日緊急召開記者會，譴責當地暴民以愛國之名行掠奪之實，並對越南政府無法保護外資感到遺憾。他呼籲台灣政府應要求越南政府採取有效的保護措施，同時也宣布將重新評估規劃中的投資案。

大多數台商為避免遭受類似攻擊，已決定暫時停工，部分業者也已將訂單轉往大陸廠生產以減少衝擊程度。

「唬哥，你下禮拜出差去越南？看樣品？」

「對呀，現在越南好像在大規模罷工，許多台幹都撤回台灣了。想當年，我在千禧年去越南時，鋪馬路的柏油品質太差，太陽一曬都會冒泡泡咧！」唬哥話語中的意識流，從台商大批轉進大陸的九〇年代、瞬間延推十年光陰，教身為聽眾的我們也隨之踏入那時代甫開放的越南。

「欸你們！台灣人嗎？我剛從越南回來。」一個坐後座原本還睡到打呼的中年男子忽然醒來，皮膚黝黑，帶著粗框眼鏡，鏡面很厚且髒得一塌糊塗。頭靠在車窗上，抬起頭來車窗上還有他油膩膩頭髮的印子，滿身酒氣並操著湖南口音：「前幾年公司派我去越南，順道替自己搞了生意，那兒交了一些幫派的朋友。跟你們說，越南女生都是沒什麼節操的，給她們錢就跟你們上床了。我在聲色場所認識了一些，她們可會玩了，很多都是吸冰毒，我試了幾次，差點沒命。反正在越南比起我們國內啊，什麼都缺，就是不缺小姐，真想念當時放蕩的生活啊。」

這段話很熟悉，幾分鐘前才從唬哥嘴裡放送出相似的內容，差異在於唬哥是台語版本。這種以少數鮮明案例概括全體，狹窄的邏輯，所有雌性動物都會是婊子，對於外國風俗民情，偶爾會出現「外族的想像」。

公交車漸漸駛進工業區的街道，一般來說塗鴉是貧窮區域隨處可見的日常景貌，但是這座工業區裡的牆面卻不見任何塗鴉——是否因為此處的勞工大多屬於農民工，光是賺錢養家就令人精疲力盡，誰還有時間和精力在街上亂塗鴉呢？不少工人更必須身兼多職，連待在宿舍休息的餘裕都沒有，攢足了錢寄回老家才是最務實的選擇。夜晚的工業區街上只有稀稀落落的幾名行人，街上幾乎沒幾盞路燈，只有幾家小吃店零零落落地還開張著，店裡則閒坐著不願回去宿舍、寧可在街頭喝風飲雨的打工仔。

「唬哥，我們到站了。」

我拽著唬哥，踉踉蹌蹌地下了公交車，在昏沉夜色中慢慢走回宿舍。

「小妞啊，你的耳環是金子做的？」

「只是銅而已啦！一看就知道不是真金吧！」

「在街上走還是別戴這些了吧！這裡的飛車搶匪，一旦瞥見你耳朵手上閃亮亮的發光，才不管三七二十一——拽了就跑！前幾天，我才聽一名陸籍員工說，這一區最近發生好幾起搶劫案，其中一個被害人死抓著包包不放，硬是被拖行了一大段路，另一個則半邊耳朵都給扯下來了。」

「到宿舍了，你走路要看路，千萬別跌倒，明天上班別遲到啦。」我說。

「記住啦！就算玩到天亮，隔天還是要準時打卡，這就是我們台幹的精神！」我看著唬哥的背影 ，他醉成這樣，竟然還能神準地爬上七樓的房間——台幹精神果然不容小覷！

水晶球女孩

隔日一大清早，當我正催著某位同事負責的材料出貨進度，才知道最近供應商欠料的情況相當嚴重，由於政府環保機關管制得較以往更為嚴格，許多重度污染的工廠不敢任意生產——但上有政策，下有對策，稽查人員離開後，工廠晚上偷偷摸摸地開工、排放廢水，迅速地製作產品並完成出貨——大量存在的地下工廠，其實稱得上為大陸經濟的推手。

「嗨！唬哥，今天有沒有宿醉啊？」

「麼可能？這種小 Case 場合。不過啊，早上有另一家工廠跟我說，昨天他們不是自己帶客戶去續攤嗎？」唬哥將隔壁桌的電腦椅拉來角落，招手示意要偷偷講八卦。

「對呀，這次有叫雞嗎？我才跟其他人打賭了五十塊人民幣，我猜是那個西班牙裔的設計總監，他給我看很多他開跑車的照片，看起來很花心、很色。」

唬哥看著我搖搖頭，神情布滿輕蔑之色。

「看來你押的錢全丟到水裡啦！就說你還太嫩，見識不夠，昨晚結束後，Miguel把那家工廠的台幹拉到一邊，叫那個台幹幫他叫小姐。早上Miguel沒來上班也不接電話，總監現在正大發脾氣哩！」

這時我才忽然想起Miguel，這個身形肥胖、皮膚粗糙的男人，不久前，他才秀給我看他們夫妻的甜蜜合照，說自己正在努力造人，想要給老婆一個完美的家。那天看產線的時候，還拿起童鞋的橡膠底，問我可不可以送給他，想轉送給老婆。這麼一個貌似愛家的男人！跌破我的眼鏡啊！

「那個台幹跟我說，他昨天幫Miguel找小姐找了好一陣子，很多小姐現在都不接外國客了，尤其是不會講中文的外國人，擔心有危險。Miguel身材又胖，好不容易幫他找到一個，聽說這小姐還不太喜歡他，做完就走人——結果現在Miguel直接搞消失這套。」

電話鈴聲忽然大響，負責另一個運動品牌的台幹Crystal接到電話，轉過頭來跟我們說：「他找到Miguel了，他人還在飯店裡，還把責任都推到其他工廠員工身上，說昨天他被那個台幹強迫灌酒到天亮，被那個台幹灌了太多酒。」

「什麼？明明是自己召妓玩到早上，還敢推卸責任？但今天是他停留的最後一天，馬上就要搭晚班的飛機回去，現在還有一大疊設計圖沒搞定，這該怎麼辦？」

某些洋人的行徑，比大陸人和台幹更誇張荒謬，總之都被慣壞了。早些年先來到大陸的，一落地就被帶去泡在酒色財氣裡頭，有的甚至會開口索討包括去酒店、叫小姐或抽佣金等等。

大陸的二線城市工業區，例如廣東等沿海地區，總林立著許多酒店。需要招待客人時便習慣性地會去聲色場所撒錢作樂。而年輕貌美的酒店小姐們，則穿著性感貼身的漂亮禮服，陪著客人喝酒唱歌。至於喝完酒之後的餘韻情事，便由客人和小姐自行決定。

某家台資工廠，據說過去甚至入股酒店，他們會直接領著客人去某家店，消費直接記帳。這家工廠之所以能夠躋身業界龍頭，就是靠著這類熟練已極的交際手腕。聽聞唬哥回憶，以前工廠之間在搶奪訂單時，這家台資工廠的公司主管，會直接去機場迎接品牌總監，後頭領著兩名超模等級的小姐。一下飛機，就安排總監和兩個小姐度假尋歡，直到最後一天才進辦公室談正事。客戶最後往往把最好做的鞋型、最大的單直接指派給該家工廠。

酒店和台商不知道從何開始形成親密的共謀，彼此之間密不可分，酒店的角色就有如台商的商業夥伴。

「我們這品牌的客戶也超愛上酒店的，因為他們知道代工廠會付錢。我們老大最喜歡在晚上八、九點打電話給台幹，找人加班陪酒，大家幾乎都故意不接電話。」Crystal似乎對這類話題十分熟悉。

Crystal是我給這個女孩的代稱，她負責另一項歐美品牌開發業務。若要推舉她為廠花也當之無愧：她身材纖細、皮膚白皙、鼻形堅挺小巧，一張清秀中帶著冶豔的臉蛋，竟有點像頭愛嬌的貓咪。

「上個禮拜，主管帶了客人去酒店，也是叫了一堆小姐，但都不會說英文，客人們覺得很無聊，老大只好臨時打電話給我們，叫我們去陪喝，我去的時候包廂裡一個小姐都沒有。」他們部門的主管出了名的喜歡深夜打給台幹去陪酒。

「所以妳就去陪喝？」

「我就像是顆水晶球，被大家抱來抱去、捧來捧去。如果可以因為這樣跳槽到其他客人的公司也很不錯——或者，乾脆找個有錢人嫁了，畢竟美國人的薪水比起這裡好太多了。」

酒店文化是台灣企業業務文化之一。老一輩業務人員英文能力不好，晚餐時常以敬酒代替聊天，先喝酒再說話，酒是共通的語言。我曾問過前輩，為什麼一定要在酒店談生意？他說，幾杯酒下肚，再加上美女，通常男人會喪失理智。這時如果看到對方赤裸的一面，就像是抓住了他的小辮子，以後喬事情就會比較容易。這是老一輩企業主與客戶之間培養私人默契的重要方式。

生管忽然走進辦公室，扯開嗓門朝我吼道：「欸——就是你！你的鞋子在線上出問題了！」

巧克力工廠

我負責製作的樣品，被安排在一處被稱作「巧克力工廠」的廠區。我急匆匆地趕去現場察看情況，工廠的建築設計很簡單，不需要好看的外觀，足以快速建設以節省成本，就是最棒的設計。廠區將一群人集中於一方能夠遮風避雨的空間，讓工人安全地且「符合勞工權益條款」地操作機器便足矣。往昔的時代裡，「巧克力工廠」確實曾是生產糖果的工廠，但絕對不是像威利．旺卡[註12]作派的彩色快樂生產線——斑駁的外牆磁磚、一道道污水疊加的流痕、一整片發霉的牆壁……更別提廠區地面凹凸不平，連建築本身都顯得得高低起伏不一致，再加上裸露於牆外的鋼筋，若是將這區「巧克力工廠」稱作危樓，也絕不為過。廠區與員工宿舍僅有一牆之隔，但公司寧願讓員工在近三十八度的天氣底下揮汗如雨地徒步行走足足二十分鐘，也不願在牆上造一扇門、就近打通、連結兩座廠區——而這一切的不便與荒謬，全都只是出於風水師的「建議」。

進入廠區後，我從裁斷部門[註13]走到針車部門，這間針車樣品室裡，每個針車手的車縫機上都有面鏡子或鏡子的碎片。有人說，是因為女工愛漂亮，每天上班做重複的事情，黏面鏡子可以照照自己、換換心情。也有人說，是為了好從鏡中偷窺主管幹部是否在背後監視，好讓自己在工作中偷個懶，而據我猜測大概兩者皆有，工廠裡，許多女工都戴著金戒指，戒指上會纏著厚厚的紅線，怕工作時磕磕碰碰地撞傷了貴重的首飾。

乍看之下，如果以為工廠裡的人們大多穿著素色簡樸，那便大錯特錯了。許多女工的穿著極度鮮豔：螢光、花紋對比強烈的套裝，不能說像嬉皮，反而更像是一鍋雜燴飯。她們套著肉色絲襪，透過絲襪清晰可見一根根又黑又粗的腿毛。她們也會穿著鑲滿便宜水鑽、超過五公分的高跟鞋，這般精心打扮宛如根本不是來上工的！開工時她們會特地換裝，坐在針車機前換上塑膠拖鞋、穿上袖套，熟練地踩著踏板。

在工廠上班，與機器共事，人難免也會變得像一台台機器。而特異的穿搭便成為工人們在單調的環境中，找到一些自我存在感的方式。許多刺激視覺的服裝可能僅僅代表想要掙脫現實、擺脫沉悶情緒的行為，這些色調讓工廠不再只是冰冷的大型機器，除了引人注目的針車阿姨，有些女工明明做著基層工作，但卻總是穿著像主管一樣的套裝來上班。下班離開廠區時，她們會帶著宛如成功女性的形象走出工廠，是一幅極富啟示性的景象。

在冬天，許多男工們穿著極度不合身的廉價西裝，像是五〇年代的款式，應該是在鄉下小店買的。為什麼是西裝？我想是因為這些工人用其僅有的美學品味，選擇了自己熟悉的款式。因此，冬天時總是可以看到穿著整套寬大西裝的大叔們辛苦地搬料、拌料。我問過小老鼠，為什麼男工人得穿西裝上班？她答：「因為他們是傻B[註14]。」

一個男裁縫對我揮揮手打招呼，示意我過去。每次看到男裁縫在車縫精緻的女鞋，他身上陳年的菸味，加上不時地啐痰，總給人強烈的反差感。這位裁縫大哥人非常好，見了我總會寒暄幾句，伸手到抽屜偷偷撈把瓜子或花生硬塞給我。為了表達禮貌，我總是會收下產線員分享的零食，但每當看到他們穿著拖鞋、摳腳、挖鼻孔或剔牙縫時，實在不敢把這些零食放進嘴裡。因此，我總是會把這些零嘴放進特定的外套口袋，帶回宿舍扔掉。

繼續來到產線後端，兩個陸籍同事正在等我，其中一個外號EVA[註15]、來自四川、現年二十四歲，這外號是來自於鞋子中底的發泡材料。另一個則叫RB[註16]、祖籍河南、現年二十一歲，其外號則是大底橡膠的意思。在製鞋過程中，這兩種材料最終會被黏在一起，大概就是因為他們倆總是混在一塊，才因此被取了這樣頗為貼切的綽號。他們不算資深員工，底薪只有一千五百一十塊人民幣，主要靠加班費維持生計。他們上班時看起來沒事可做，要等到加班時才忙碌起來。當我們痛恨加班時，工廠工人反而期待著加班，因唯有如此才能掙更多錢。即使整個月加班沒有休假，也只能拿到近一千九百塊的薪水，實在是少得可憐，因此RB在休息的時候會跑滴滴[註17]。

「欸！聽說你們昨天去市區？怎麼這麼見外？沒有叫我的車，給你們打折。」RB開玩笑地說，但聽得出來這是在拉生意。

「昨天回來得晚，想說你大概睡了，怎麼好意思吵你起床？」我心想若是平常不叫他的車，大概會常常找我麻煩，下次還是花些小錢打點關係。

RB的父母都在工廠上班，可說是在工廠長大的孩子。他十八歲就進工廠上班，從倉管做起，工廠中有很多這樣的「勞二代」，原本RB的父母寄望兒子能夠好好唸書、出人頭地，但要成功地達成階級翻轉豈是那麼容易的事情？RB也就像其他普通的年輕孩子，學校畢業後也不知道要做什麼？最終還是透過父母介紹來工廠上班。工廠供給上一輩薪水，這筆微薄的資金再被使用於下一代的勞工身上，這道理就像農夫餵養農場的牛隻，讓牠們孕育下一代，繼續為耕田賣命。工廠家庭是工廠獨特的文化現象，由於家庭為數眾多，走在路上不能隨便亂說話，因為身邊的路人極有可能就是某某人的親戚，或是互相介紹來工廠勞動的老鄉。

EVA家裡還有一個弟弟，但因為一胎化政策，他被報成獨生子好躲避罰鍰。這類事情其實很普遍，因為當年鄉下地方制度不健全，加上天高皇帝遠，有些地方官員也會擠出幾滴憐憫之心，使得年齡造假在大陸鄉村相當常見，譬如有個版師的妹妹想早點出來工作，於是她塞了筆錢硬生生地將年齡增加了三歲，便成功入廠了。

「你這隻鞋聽說是小日本的設計師設計的？」EVA開玩笑地說。

陸籍同事基本上都有一種出自本能的愛國心，就像是手機內建刪不掉的App，抵制日本則是人民根深蒂固的出廠設定。從副理主管到轉貨倉管，凡提到「日本」，必得先加個「小」字，好像日本是這個國家的簡稱，而「小日本」才是全名，無論如何都得在國名上吃豆腐，消弭過去戰爭受到的恥辱。

問題連連的設計來自於品牌的最新廣告行銷，你買一雙鞋子，他們就送一雙新鞋去非洲給貧民呦！由於選用最便宜的材料、最簡單的工法加上最低成本製成，產品開發試做問題接連不斷，這不知道是哪門子的愛心？

「這鞋子打從一開始就為了省成本出了一堆包啊！我還有其他鞋要做，你自己先解決問題再來找我！」RB朝我大聲嚷嚷，揮揮手趕我走。

老實說，我心裡有底，情況不脫是其他大陸主管來拜託

RB先做他們的鞋子。在這裡，人情很重要。廠內大部分的人來自湖南和四川，因為這兩個省的工作機會較少，所以產出了很多打工族。他們之間的老鄉情結很深厚，雖然工廠位於廣東，但在工廠裡湖南話和四川話比普通話更常用上。

唬哥老遠看見RB對我發火，走過來用台語安慰我：「不要放在心上，他們就是喜歡欺負你們這些小台幹。你就想，他們是豬，我們是人，人講話，豬怎麼會聽得懂？」

不斷堆疊的壓力，一方面同情當地勞工，但又因為他們粗野的態度而產生厭惡的感覺，加上長期被陸籍霸道欺負、更添上這次被無理的咆哮，有一瞬間，我的理智就像熔斷的保險絲，造成認知失衡，大腦必須想辦法讓這種認知衝突減少。久而久之，無感成為最佳的解方。我不由自主地啟動心理防衛機制，試圖將這些陸籍勞工想像成駝獸或機器，只要不把他們當人看，我確實會感覺好過點，但連我自己都被這無人性的自我保護機制嚇到。

突然，我瞥見生產的機台上貼著一張小小的美女貼紙。這種不守規矩的行為，如同枯槁城市中的彩色塗鴉一樣，在思想麻痺的工廠中，倒有如是人性自然的象徵。

我和唬哥站在產線上，看著偌大的廠房和工人，無意識地想著，不知道眼前的光景會持續到民國幾年？我們每天過著一樣的生活，做著相同的事，一天又一天地重複著。想著RB和EVA和我分享的微博語錄「當你反抗強姦無效時，就要學會享受。」

工廠的生產速度非常一致，訓練有素的作業員動作迅速，當放眼望去這片密密麻麻的流水線同步運作時，感覺時間流動會變得緩慢，工人和機台的輪廓漸漸模糊、交融，形成一種特殊又混雜的色塊，這一瞬間無法區分當下在大陸工廠和過去在台灣生活的區別，形塑出一種奇幻的蒙太奇感，就像浦島太郎的故事一樣。

註1　是指在深夜至凌晨時段的班機，於隔天清晨抵達目的地，上下飛機的乘客因為睡眠不足，眼睛紅紅的，因此稱為「紅眼班機」。

註2　當時我的調查，每個人補助餐費是每月240元，而員工餐廳提供不同價位的套餐，分為6元、8元和10元。若餐費用完了，員工就需要自費。至於住宿方面，四到六人房間每月20元，夫妻房每月150元，工作滿三年可以享受80元的優惠價格，單人房每月需要支付500元。以上價格均不包括水電費用，公司通常會補助每人電費30度，每人水費3噸，熱水費用則是每間房2噸。我問我的陸籍同事這些補助是否足夠，他說當然不夠，夏天水和電會用很多。

註3　類似刈包夾上剁碎的東坡肉再淋上特製醬汁，可以加點馬鈴薯與蘿蔔絲等蔬菜，也可再多加顆滷蛋或熱狗，每分加料要價5元。

註4　一鍋熱湯，湯內燉有各種蔬菜如空心菜、馬鈴薯、鮑魚菇、蘿蔔，以及各式丸子如貢丸、魚丸、福州丸等，另外還有熱狗、泡麵、米線等其他配料，加熱後食用，每一分大約6、7元。

註5　類似將大塊蔥油餅切成小塊、配上特製醬料，可以選擇購買2、3元左右的小分量。

註6　產品開發分為構想、規劃、設計、打樣試做、工程試做、試產、量產。其中樣品試作階段中，設計師與開發人員會對前一階段的設計進行修改。

註7　「台流」一詞源於中國用語「盲流」，意指是指沒有戶籍、沒有固定收入、居無定所的外地客。而「台流」則指的是部分台灣人，為了追求所謂的中國夢而遠赴對岸闖蕩，不料經商失意後流離失所，寧願在異國承受貧困和痛苦，也不願意回到台灣。

註8　東莞厚街鎮是當初台商最密集的地方，充斥許多酒店和特種行業。

註9　廣東話的「雞」指「妓女」，在台灣亦習慣這般俗稱，此詞彙帶有對於性工作者的嚴重輕蔑與貶意。

註10　酒店術語「點台」，就是客人指定小姐直接坐檯。

註11　「援助地方媽媽」一詞原為色情網站廣告用語，而後衍伸為性交易代名詞。

註12　威利・旺卡是羅爾德・達爾（Roald Dahl）所創作的兒童小說《查理與巧克力工廠》（*Charlie and the Chocolate Factory*）中的主角之一。

註13　裁斷是針車的前一步驟，主要工作是將材料依照打版剪裁成需要的形狀，再進行拼裝。

註14　「傻 B」是中國用語，通常被用來形容一個人的智商低下、愚蠢或無能。

註15　EVA 是乙烯基醋酸乙烯酯的縮寫，是一種輕質、柔軟、有彈性和耐用的塑料材料，具有良好的緩震和吸震能力，常用於製造運動鞋、涼鞋、拖鞋等鞋子的鞋底。

註16　RB 是橡膠 Rubber 的縮寫，橡膠鞋底具有耐磨、耐用、防滑等優點，通常用於製造休閒鞋、運動鞋、登山鞋等。

註17　「滴滴打車」是一個中國大陸的網路打車平台，用戶使用智能手機應用程式預訂打車服務，為中國最大的網路打車平台之一。

第二章

一句——雨季、騷動、罷工

RỬA BÃI, KHÔNG ĐỔ XÀ
ĐƯỜNG, THẢM CỎ

星期六——第一日

//

時至六月，雨季已經遲到近一整個月。雨季前，是胡志明市一年中體感最難受的時候，遲遲下不來的，讓午後的空氣更加悶熱。豔陽將柏油路灼燒得幾乎融化，陳年的油垢混合著空污粉塵，街上賣咖啡的路邊小攤販臨街擺出的塑膠桌椅，被歐美人戲稱為「兒童玩具座椅」，椅面上滿布乾掉的湯漬。行走在路上，滴下的汗水馬上被炎熱所蒸發，鎮日下來，帽緣和衣領漬上留下一層乾掉的鹽分，許多身著「北京比基尼[註1]」的摩托車司機，將雙腳翹在車頭，維持著奇妙的平衡睡午覺。烈日之下，街道上只剩下對熱帶風情充滿新鮮感的金髮碧眼的觀光客，穿著輕薄洋裝搭配傳統斗笠、爛漫地漫步街頭。胡志明市的小巷細如微血管，交錯彎曲，拐個彎就容易迷路。生鏽鐵捲門的縫隙透露著不安與焦躁，整座城市像一只巨大的壓力鍋般沉悶。

Dear all

剛剛Lisa和Mai提醒我們這個星期天千萬不要去胡志明市

因為星期天有大型的抗爭活動

抗議政府把河內／富國島／胡志明市／芽莊等部分區域改成中國的經濟特區

人民不同意政府把部分地區和利益讓給中國

因為中國之前在寮國也實行了相同做法，結果土地變相成為中國的管轄區

越南政府已對外公布，任何被拍攝到抗議的學生將會被強行退學，此舉導致民眾反應更激烈

昨天在河內已有抗議活動，星期天則換成胡志明市，提醒各位本週日千萬不要去市中心，以策安全

請各主管再次通知廠內同仁。謝謝！

Jennifer

Outlook跳出新郵件訊息，各團隊的小台幹彼此面面相覷，低聲知會其他台灣和陸籍人員。位居最高層級的協理則集合所有外籍幹部，召開緊急會議，一位位同仁走進大辦公室後，慘白的日光燈打在所有嚴肅的臉孔上，沒有人知道接下來會發生什麼事？幾名陸籍幹部不但姍姍來遲，還嘻嘻哈

哈地打鬧著，最後一位進來的越南裔的總務潘氏圓，順手默默將門帶上。

幾個陸幹開玩笑地抱怨開會通知來得太緊急，忽然間「啪！」的一聲，原來協理氣到滿臉通紅，將手上的原子筆應聲折斷，對著陸幹大吼：「你如果再說一句話，我沒有弄死你，老子就不姓『顏』！這家工廠歸我管！」

協理是一位五十幾歲精瘦的男子，一身白領階級的打扮。做了一輩子運動鞋，上班卻總是踩著一雙雕花牛津鞋，西裝襯衫打開最上面兩顆釦子，走雅痞的風格。據說年輕的時候在義大利留學，行事頗有西式風格。他是第一批前往中國開疆闢廠的台灣人，若稱他有幾分將軍氣息，不如說他自詡為現代牛仔或是拓荒者。協理不但有開工廠的經驗，更有關工廠的經驗，在中國開工廠不易，關工廠更難。除了必須安撫被資遣的員工，還要斡旋於政府官員以及員工找來的地方黑道，若有閃失，「被消失」更是時有所聞。雖然在中國開疆闢土就跟殺戮戰場一般，但是協理精確地完成了每一項任務，完美地資遣所有員工，手段優雅地像是播放一張不跳針的唱片。

「今天緊急召集所有海外幹部，相信有些人應該已經耳聞，但由於我們不懂越南文，看不懂他們的新聞，我現在來跟大家解說一下，順便宣導公司總部的訊息。其中，潘氏圓是資深同仁，雖然她是越南人，但我相信她的忠誠度，因此特別准許她來參加這場緊急會議，希望能發揮影響力，安撫同事以免被煽動。」協理重新整理情緒，坐入長型辦公桌的主座，表情嚴肅、雙手交叉在實木桌前。

協理大概不知情，每個團體中都會有人為了自身利益不惜出賣同胞，潘氏圓在越籍辦公室就是一個如此卑劣的鼠輩，喜歡狐假虎威的她，不但被台灣幹部們討厭，連越南人都恨她，還幫她取了外號叫「蕃薯圓」。當協理請蕃薯圓發揮影響力時，在場的一半人都笑了出來，因為如果真的發生暴動，第一個被打的可能會是她。聽到協理的誇獎時，蕃薯圓得意地揚起嘴角微笑，覺得自己比其他越南人更高一等，可以和台灣人平起平坐了。

「由於這次週末的抗議可大可小，希望所有海外幹部週末留在宿舍並禁止外出。晚上十點宵禁，協理負責點名，每個人都需要回報行蹤。另外，這一次的抗議很可能會演變成罷工，根據總部應變罷工的SOP，若罷工開始，各單位主管知道最重要的是什麼嗎？」

面對協理拋出的抽考，現場一片靜默。去年，公司才為了節省預算，裁掉了一大批資深主管，而今年，所有的外派台灣員工都是剛出社會的年輕人。一臉稚氣未脫，呆呆地望著協理，希望不要被點到名。

「針對罷工行動，公司其實有SOP應對手冊，大家跟著我複述一次。」各人紛紛拿起桌上的A4紙，紙張本身仍散發著機器列印的溫熱和墨氣。

《罷工處理SOP》

一、確認罷工行動規模，是否為特定部門個案？（這項由我和總經理負責。）

二、了解並蒐集員工訴求，確認潛在的真正原因。若有相關消息需立即回報。

三、展開行動，與工團溝通，尋求當地執法部門協助以防止暴力衝突。（這項我會和總公司處理，找到共同的解決方案。）

四、四小時內回報品牌客戶總部，每隔四小時再回報最新發展。

五、罷工若是超過一天，工廠經理持續採取上述行動，並持續每四小時回報品牌最新發展，每日更新進度直到事件解決。

六、全員遵循品牌媒體政策，切勿擅自對外發言，切忌於社群媒體發文。

七、本廠由最高職位負責（即我本人），若是我不在場，將授予副協理為代理人。

「各位大致上應該理解了，總之，以我二十年的經驗來談，處理罷工，最重要的就是必須先把電箱上鎖，以免有人縱火。大家回去後發現任何異狀都必須通報。」

協理雖然宣布散會，但大多人仍在位子上呆坐了幾秒，大概是沒幾人應對過罷工，幹部們還需要點時間消化資訊。

辦公室裡面氣氛顯得緊張，走出會議室，外面的越南員工趁著主管們不在，把椅子圍成一個個小圈子翹腳閒聊。每個星期六的上班氣氛其實都算輕鬆，雖然要上班，但是品牌客戶和供應商不上班，員工的心情其實和放假差不多。幾個較要好的越南同事馬上一臉八卦地問我，興奮地想從我口中套出些「台灣人」的會議機密。

「小雞」是我在辦公室的好朋友。工廠就像是一個小型社會，有男有女，也有LGBT。身材嬌小的她留著小男生的短髮，中文說得非常流利，外表看起來像個小孩，但三十歲的她在公司已經是資深大姐了，可以獨自領導整個越南團隊。不認識她的人，還以為小雞只是個普通的小女孩。她的思維細膩，個性沉著穩重，手臂上有幾枚刺青，整排耳洞鑲著帥氣的耳環，手腕上有幾道美工刀劃的舊傷疤，用幾條率性的手鍊遮掩。小雞的好搭檔名喚「胖胖」，顧名思義，此人又高又壯，走在路上像一座移動的水泥牆，是在地越南人，不懂中文，但英文非常流利，唸過幾年國際學校，至於為什麼會淪落到工廠？那又是另一則故事。胖胖最喜歡跟我說英文，似乎讓他想起學生時期在國際學校那一段不愁吃穿的上流回憶。

「你不要擔心，這是我的電話，如果有暴動或是危險的，打電話給我，我會去後門旁邊的小橋載你回家，把你藏起來。」小雞撕下一張話機旁的便條紙，寫上手機號碼硬塞給我。

「那，星期天去市區安全嗎？」雖然越南同事們都表現得一派輕鬆，但我心中還是對於第一次在越南遇到抗議感到緊張，畢竟在這個語言不通的國家，什麼都說不準。

「越南的抗議都很弱的啦，你跟我們去，全程講英文，不要講中文，就不會被打啦。週末我要去市區，要不要一起來？」胖胖邊大口喝著充滿色素的全糖綠色飲料，邊嬉笑地回應。

「不要聽這個胖子亂說，你還是待在宿舍吧。跟其他台幹待在一起，宿舍保全很嚴密，他們衝不進去的。」小雞身為華人，比胖胖更了解越南排華時的情況。

我拿起手機展示網路上台灣外交部傳來的一張圖片，圖片中是一張台灣島圖，上面寫著越文：「我是台灣人，不是中國人。」小雞和胖胖看完大笑起來。

「越南人分不清台灣和中國的啦，覺得講中文就都是中國人，你拿出來更會被打，就不要講話就好了，你長得這麼像妙黎[註2]，還怕人家不相信你是越南人？」

星期天——第二日

//

強調：請大家盡量迴避以下區域

為抗議越南政府國會近日審議通過草案，將經濟特區租給中國的租約期限最長展延至99年，越南部分民眾在Facebook上以網路行動召集全國性示威活動。抗議地點包含：

一、河內：歌劇院，還劍湖和李太祖雕像前

二、同奈：AMATA廣場，邊和市Vincom，Tan Phong路口

三、峴港：Tran Phu路區域，Bach Dang路

四、廣治省：東河市歌劇院

五、芽莊：歌劇院廣場，Tran Phu路

六、胡志明市：

- 巴黎聖母院大教堂區
- Nguyen Hue步行街區
- Hoang Van Thu公園

七、全國性或其他國家區域，包括任何公共場所

——Facebook越南自由行資訊交流

越南本地企業從週一上工到週六，週休一日，而中國過去也採取週休一日政策，如今才變成隔週休或是上半天班；台灣過去也是從週休一日，演變至今如同歐美國家的週休二日。每週日，為了讓台幹出門放風，工廠會準備去一郡市區的接駁專車，這次的週日，則因為頗有可能的示威而停駛。

清早醒來，收到小雞的簡訊：「Thông báo: Toàn thể đồng bào cả nước vì tương lai Việt Nam. Đúng 8h sáng ngày 10/6/2018 tập hợp tại công viên Hoàng Văn Thụ.」（為了拯救越南的未來，大家集合起來！二〇一八年六月十號，我們在Hoang Van Thu公園集合。）

簡訊裡，小雞興奮地聲稱：「要開始了！一切就要開始了！」

我還搞不清楚自己究竟是該害怕？還是該以平常心面對迫在眉睫的未知？我想起小雞——身為華人的她，在越南到底該是中國人或越南人？

我一邊思考這個問題，一邊安靜地走過連接宿舍與飯堂的走廊，炙熱的陽光不減威力，路旁少見地停駐著幾台巴士。而我自己則是第一次在週日午餐的員工餐廳見到人潮滿滿的空前盛況！通常在工廠工作，三餐都在工廠餐廳解決，每逢週末，大家總會相約上街打打牙祭。而本工廠在越南是知名的大型華人工廠，每當有相關利害衝突，工廠總站在首當其衝的最前線苦主位置——無論是政治議題、漲薪糾紛，甚至足球輸贏引發的罷工行動，總在我們工廠率先發跡，再野火般蔓延到其他工廠區。員工是一座八卦淵藪，耳朵裡聽見的，都是幾年前越南大罷工的話題。我一邊打菜，一邊聽著其他台幹的聊天內容。

有些人差幾天就返台了，擔心罷工遊行和機票撞期，被困在胡志明市回不去——

有些計畫通則討論著要躲到越南女友家避難——

我拉了張椅子，對面和旁邊分別坐著莉欣和阿富。莉欣年約三十歲，纖細白晰，是長得像西方混血兒的原住民，母親為台東阿美族，只要誇她像混血兒，她便開心地咯咯嬌笑。莉欣是正港台灣南部囡仔，家境小康，被家人送去英國唸完書後，因為語言優勢，畢業後完全不考慮台灣低薪的工作，直接開始東南亞的外派生活。起初在公司負責人資，除了照顧台幹沒被派予重大職責太大功用，而由於她不諳越南語，當地越籍人事招募主要也都是由越南同事處理。近年，愈來愈多外商進駐胡志明市，傳統產業的給薪硬生生地比歐美外資少了好幾倍，越來越少人願意進工廠，導致無可轉圜的缺工現象。身為台幹，莉欣個性認真負責又有事業心，樂意嘗試其他非本業的職位，更不計較常態性的無薪加班。有了莉欣公司乾脆辭掉幾個台幹，節省支出，讓莉欣除了本職工作，更兼職環安和人權。

阿富是我進公司報到的同梯，是一位有幾十年經驗的資深版師。阿富年方五十歲，個頭不高，眉宇間氣度卻不凡。他自幼患有小兒麻痺，走路時即便不自然，他總會用一隻手提起其中一腳，從未看過他拖著雙腳走路。經驗老道的他也十分照顧後輩。從事鞋業後發現，不少資深前輩是殘疾人士，或是只有小學畢業，大部分是不愛唸書被送到工廠的學徒，如今他們都是經驗豐富的主管了，賺得還比台灣白領多。阿富年輕時就開始從事鞋業，從基層管理樣品室與倉庫做起。他是台灣第一批西進中國的前輩，阿富大部分時間駐外，老婆帶著三個小孩在台灣鄉下生活，阿富賺的錢都匯回家給老婆小孩了，常常自嘲為家中的提款機，但若是沒有對家人的愛，怎麼禁受得了長年離家背井的血淚辛酸？

錢歹賺、留得青山在、自己就免怨嘆。

「這幾天總公司規定我們不可以去市區，晚上還要宵禁點名。」工作狂莉欣邊滑手機看郵件說道：「有沒有看到工廠裡邊停著幾輛巴士？那是公司派來的，若是有需要，馬上會批次買機票讓『你們』這些幹部們回台灣。」

「聽說哦，二〇一四年排華暴動當晚，公司人分三批逃走，有些人把自己打扮成越南人，但一下子這個護照沒拿，一下子又要等誰，最後只有廠長一部車成功跑掉，另外兩部車遠遠看人圍過來，大家趕快跑進去躲，根本不知道他們會做什麼？真是叫天天不靈。最後大家擠上另一台小巴士，窗簾拉得緊緊的，一路上飆速到胡志明市。公司在市區訂了五星級飯店，讓台幹住了一個禮拜。」阿富吃飯時總會和我們講古。盤子裡盛滿了肥美的螃蟹與碩大的蝦子，這種在台灣價格偏高的水產，外派越南時，是員工食堂假日的加菜餐點。

「當時有些善良的越南幹部幫忙把台幹帶回家藏起來，有些中國廠不但人被打，工廠還整個被燒掉。」

「之前有一次也是遇到排華，當時我在河內。通常這種排華在首都這種國族主義比較強的城市，會更加嚴重。當時在路上遇到有司機問我們是不是中國人，如果他們認定你是，不但拒載還會動手打人。」阿富慢慢剝掉蟹殼，緩緩道來：「這種時候不管說什麼，都很難解釋自己不是中國人，是吧？我們的英文一聽就知道是華人，還好當時有一個同行的朋友穿著『I Love Singapore!』的衣服，他們才放過我們。」

阿富沿著螃蟹腳的肌理，撕下一條條肥美的蟹腳肉：「說實在，工廠錢越來越難賺，賺的都是管理財。陸幹之前在中國那套強壓式的管理方法，在越南根本不管用，只要發生暴動，陸幹都是第一個被打的，尤其有些平時做虧心事、愛欺負員工的人，嚇得都嚇死了。」

「好啦，反正大家各自出外要小心，這幾天不要亂跑，而且今晚要宵禁點名。罷什麼鬼工啊？找我人權的麻煩！」

莉欣終於把郵件看完了，抬起頭來生氣地扒了一口飯。飯堂瀰漫著憂慮的氣氛，但又不自覺地有點興奮，期待刺激的事情發生。

星期一——第三日

早上六點半，我和另一位唯一的團隊夥伴阿財——合力把電腦搬上公司的廂型車。

「Miss，你不要搬，我搬就好。」阿財一邊搬電腦主機一邊說著。

但是呆站在一旁看他一個人搬完所有東西，我心裡感覺實在不好。好不容易器材都上了車，我們驅車出發去另一家工廠開會，阿財前一天已經幫我申請了好幾張放行條[註3]，才順利把電腦帶出工廠。車程上，我問阿財有沒有華人的血統？他搖搖頭說父母都是越南人，平時的阿財總是和其他越南工人一樣，穿著已經變色、有點酸臭汗味的T-shirt加短褲，踩著夾腳拖鞋就來上班了。在越南工廠裡，拖鞋是穿搭招牌，因為熱帶的氣候陰晴不定，所有工人都騎機車上班，下雨天穿拖鞋比布鞋方便得多，但為了防止工傷意外，公司規定其實並不能穿拖鞋上班，但若是辦公室的文書人員，主管也是睜一隻眼閉一隻眼。今天的阿財令人意外地穿上乾淨的Polo衫、長褲和Nike球鞋，身上飄散來淡淡洗衣精香氣，我忍不住想多消遣他兩句。

「阿財，今天穿得真帥，跟平常很不一樣呢。」

「Yes，Miss，因為你昨天特別交代我不要穿拖鞋。」阿財露出笑容。

根據對阿財的了解，除了不想在其他工廠員工面前丟臉，更可能轉著「也許工廠的會議中有可愛的女孩子們呢」的念頭。

兩個多小時後，我們終於到達了T工廠。T工廠比較新，建築也比較乾淨。據說T工廠的老闆過去是我們工廠的總經理，有了自己的人脈和資金後自己出來開廠。剛開始的時候接所有大工廠不要的小訂單，現在已經擴張至中大型工廠的規模。

當我們在架設設備時，兩個美國白人走進來，一個是光頭蓄鬍的開發總監，我們都叫他「大鬍子」；而另一位大約廿七歲的年輕白人，留著一頭嬉皮式的半長金髮，來自風光明媚的加州，穿著經典的短褲和半筒襪。

「歡迎大家來到這次的培訓會，大家都知道數位化生產是未來的趨勢。我們很榮幸地邀請到美國的工程師，協助大家進行一週的培訓，讓我們歡迎Billy！」開發總監甩著大鬍子說道。

「大家好，我是Billy，這次的講師。如果之後有什麼問題都可以問我，之後我們也會保持聯繫，讓我們一起把資料庫建構起來。謝謝大家。」第一次來亞洲的Billy，藍色的眼睛掩飾不住興奮。

掌聲響起的同時，不遠處有名台籍工廠主管對著Billy和大鬍子招手，一陣竊竊私語後，兩位美國人便消失了。

「Miss，怎麼這麼久還沒開始？」阿財有點不耐煩。一旁其他T工廠的越籍學員也開始躁動，紛紛打開桌上的礦泉水，一邊開始用越南文聊天。

「喂，你來一下。」T工廠的台籍主管這時在門邊冒出半張臉，用手勢示意要我過去。走出門外，把門扣上便跟我說：「你應該看不懂越南新聞，總而言之，我們這邊已經有風聲要開始罷工，為了安全起見，要趕快送你們回去。」

「趕快，一分鐘都不能等，我們等下就會直接停線了，因為怕工人搗亂，工廠會直接讓他們下班。」台籍主管一邊說話，一邊透過窗戶看著滿是越籍員工的辦公室。我和阿財從辦公室快步走到工廠大門，警衛迅速把證件還給我們，再多花了幾分鐘等司機把車開來。

「我們工廠沒有你們的大，以前的經驗，政府都會派人去保護你們那邊。」T工廠的主管靠在車窗旁告訴我們。

我們的車開得飛快，尚未鋪設柏油路的路上，揚起一片沙塵。一路上工業區的許多工廠都停線了，不用上班的操作員們騎著機車開心地回家。阿財和司機一路上有說有笑，為了不讓自己只能跟著傻笑，我請阿財翻譯，加入了他和司機的聊天。

「這樣的罷工很常見嗎？」

「是啊，去年才一次，為了調薪，然後公司就同意調薪了。幾年前有一次很危險，最近幾年都只是玩一玩。」

雖然大家都說不嚴重，但我還是緊張了起來，不懂越南文的我拿起手機搜尋西貢解放日報，這個華人報紙是我唯一的中文新聞來源，希望可以多了解一下當下的情況。過了兩個多小時後，我們終於回到工廠，心裡有種回到家的踏實感。一踏進辦公室，卻一切如常。

「這麼快就回來了？不是才剛去？電腦呢？」小雞開心地來迎接我們。

「對呀，因為好像要罷工了，T工廠把我們送回來。連電腦都來不及收！」我汗流浹背地把包包放在位子上。

「今天早上很多人穿國旗衣耶。」胖胖興奮地說。

越南有兩種情況會看到街上有人穿國旗衣或紅色的衣服，足球賽或是罷工的時候，兩者看起來都很像暴動。

「對呀，後門小橋一早就有人在發傳單。」

「傳單？上面寫了些什麼？」

「就寫說，要我們一起為國家努力，一起罷工！對抗外國勢力！」小雞正氣凜然地說道：「胖子不是就有拿一張？」

「屁！我哪敢拿啊！被公司發現怎麼辦？」胖胖激動地辯解，雖然平時總滿口幹話，但萬一牽涉到罷工，那可不是開玩笑的。

「嘿我還記得，你之前的上一任台幹女主管當時怕到不敢待在宿舍，所以我就帶她回家住了幾天，然後她就離職了，被嚇到飛回台灣，哈哈。」小雞一臉曖昧笑意地說。

每個外派台幹來到越南，因為各式各樣原因而離職者頻頻有之，就連越籍同事也時不時地揣測：這回新來的台幹可以撐多久？

嗶嗶嗶——台幹Line群組傳來新訊息：

大家的廠區都還好嗎？聽說A廠區已經開始罷工了？——瘦猴

我們廠開始停工，樣品室下班啦！大家紛紛往外走掉，吵鬧得像菜市場一樣。——胖虎

誒！管管你們的人好不好？他們跑來我們這裡的樣品室叫大家下班！——瘦猴

我們這區沒有動靜耶。——我

為什麼每次罷工都是從我們A區開始啊？也不知道要停線多久？看來又要賠錢空運[註4]了啦！靠！——瘦猴

聽說我們廠區異議分子特別多，歹勢啦！——胖虎

我們這這完全沒有動靜——有聽說總部現在有什麼動作嗎？——我

好像根本來不及給出動作耶！哈哈！但我得趕快對品牌客戶回報情況。８８１～——瘦猴

這一刻，我忽然想起包包裡有一台我的私人筆電，正想著到底該不該帶著電腦偷溜回宿舍鎖好，一轉頭看到一臉老神在的資深台幹Judy姊。

「私人財產最好不要留在身邊，上次中鋼越南廠罷工，辦公室和宿舍門窗都被砸得粉碎，電腦全都被搬空，台幹的私人筆電、皮包等等地也都被搶走。」Judy對我說道。

我正打算把筆電拿回宿舍，跟護照和錢一起鎖好，同時腦海裡開始規劃逃亡路線：首先，下樓梯後跳上腳踏車，沿著小徑通過兩個守衛關卡，總共大概十五分鐘可以搞定。

當我正計畫著我的逃亡大業時，聽見胖胖興奮地說：「其他廠區好像開始罷工了耶！」

「嗯，目前似乎在外頭集結，應該等一下就會過來我們B區。」小雞將智慧型手機捺在桌底下偷偷滑著。

估計情勢，看來偷溜回宿舍應該是沒有機會了。我盯著辦公桌下的三層小鐵櫃，把筆電塞進去，再用小鑰匙鎖起來。一個越南大叔見到我的行為，立刻噗嗤地笑出聲音，隨即轉身向其他同事說，應該是在嘲笑我的膽小或天真吧？若是暴動者衝進來，沒兩下就能砸開這只小鐵櫃。

「有沒有看到外面有一群黑衣人？罷工行動好像就是他們煽動的。」

「這些黑衣人是誰？」

「不知道，可能是拿錢辦事的黑社會？」

「之前聽說在中鋼廠也有一群黑衣人騎摩托車衝進工廠，看到陸幹就打，台幹卻沒被怎麼刁難，但還是要小心一點。」Judy姊用台語對我說。

一名越南同事在窗邊大聲叫囂，一邊比手畫腳。

「他說什麼？」

「罷工的隊伍來了！好酷喔！」小雞說。

「真的嗎？」我抓起手機，使上跑百米的速度，衝到窗邊卡了一個好位置，準備抓住這難得的機會拍照，四周則擠滿了和我一樣想看熱鬧的越南員工。罷工遊行隊伍從廠區大門浩浩蕩蕩地緩慢走來，領頭的男子背著越南國旗，巨大的旗面印著一顆黃色星星，他身後帶領著約莫上千名流水線員工，有些還戴著操作員的帽子，人群像螞蟻一樣呈樹枝狀湧入廠區，邊走路邊高喊抗爭標語——「還我們南海！無良中國企業滾出越南！還我合理工資！」

相較市區的示威遊行，內容單純關於南海議題，但傳入工廠後，罷工合情合理地加入「加薪」的訴求。畢竟都要「幹大事」了，不如多偷渡一點訴求，否則工廠薪水怎趕得上胡志明市的物價上漲的速度？

雖然是內部員工針對工廠罷工，但實際上，是勞動階級向政府展示的不滿與抗爭示威。底層人民力量不夠，必須依靠外國企業向政府施加壓力。另一方面，我卻像個狀況外的觀光客般，一邊錄影一邊在心裡唱著 Bob Marley[註5] 的「Get up, stand up! Stand up for your rights!」——是啊！無產階級都起來吧！

「全部斷電！把燈關掉！所有人給我離開窗戶旁邊！」Judy姊朝大家怒吼道，一轉頭衝著我用台語咆哮：「你到底在幹嘛？你台灣人還給我在越南人裡面帶頭！」

「所有人，馬上回位子！快點！」Judy姊用中文生氣地對大家說。還不忘用台語唸我幾句：「還給我錄影！真的忘了你是誰。」

這一瞬間才意識到——我是台灣人，是大家抗議的目標。原本喧鬧的越南人一哄而散。

「哈哈哈哈！剛剛Judy姊用台語罵你什麼？」胖胖心懷八卦地問。

「大家都在笑台幹被罵耶，你好丟臉。」小雞笑得開懷。

緊接著，工廠另一端也有另一支遊行隊伍，浩浩蕩蕩地前來會合，此時，雖然罷工工人已經進入園區外門，但是內門廠區還沒被攻破。我們只能尷尬地坐在位子上，沒有人敢再繼續關心窗外的罷工，只聽著人群的喊叫聲越來越逼近。

「我去一下廁所。」被 Judy 訓斥後，我紅著臉，既丟臉又尷尬，打算利用尿遁偷偷跑走。

「好啊，你是台幹有特權，你出去看看，再回來跟我們說。」

趁著Judy不注意，打開指紋鎖偷偷溜了出去。下樓後，看見協理兩手背在背後，直挺挺地站在玻璃大門旁邊，正命令守衛拉起鐵門，神情嚴肅地盯著外頭叫囂的人群。我原本打算躡手躡腳地偷混過關，依舊被協理的火眼金睛捉到。

「你要去哪裡？」

「我只是想去上廁所。」

「快點上完就回去幫忙其他主管，不要讓任何員工出來與其他廠區罷工的人接觸。罷工就像病毒一樣，會傳染。」

應聲後我走進廁所，繞去了後門，趁四下無人注意，我揮了揮手請警衛讓我出去。大概協理已經吩咐禁止人員進出，兩個警衛互相看了一眼，用越南語交談幾句後，打開閘門讓我出去。我低著頭不發一語地加入了遊行隊伍。

因為我的膚色略白，加上穿著打扮，不少越南工人心知肚明我其實是台幹，他們穿著紅色的上衣，踩著夾腳拖，雖然是示威罷工，但當陽光從路樹的隙縫灑落在人群的臉上，人們一路上有說有笑。感覺起來更像是愛湊熱鬧或不想上班的一群閒人，我們一路上歡樂地在各座廠區的產線集結，沿路邀請工人加入遊行，一路往行政總辦公室走去。

接近行政辦公室廠區，我老遠就看到莉欣一個人站在門口的守衛亭旁邊，她白皙的皮膚在一群越南工人中更是顯眼，一旁站了幾名中年警衛，默默地看著抗爭人群破門而入、一湧而進辦公室。

「莉欣！妳那邊還好嗎？」我靠近一看，才發現莉欣辦公室也斷電，漆黑一片。

「我都從辦公室跑來這裡了，能再更好嗎？他媽的這些越南人，無法無天！辦公室的門都鎖起來，怕這群人衝進去搶電腦，一台電腦抵好幾個月的工資耶！隨便搶一台都賺翻了。」莉欣翻了一個大白眼，看著幾位守衛正在和罷工的「暴民」婦女閒話家常，接著繼續抱怨：「而且這幾個守衛有夠扯的，我都已經叫他們不可以放人進來，剛剛還在我眼皮子底下把門打開讓這些暴民進來，他們是公司守衛耶！也不看是誰發薪水給他們！我發薪水給他們還給我開門！幹！快被他們氣死了！好啊！大家都不要上班啊！大家都不要拿薪水啊！」

莉欣氣到臉紅脖子粗，忽然一個罷工的越籍員工跑來，開心又羞赧地要求和莉欣合照，並表示覺得她很美麗，喜歡她很久了。沒想到處理罷工還偶遇到小粉絲，嘴巴說不要還是有親和力地答應。拿過手機自拍時才發現粉絲除了身上穿國旗裝，手上還拿著標語——莉欣猛然一想，台幹這種照片傳出去還得了，馬上斥喝！內心受傷的粉絲只能難過地走掉。我想，莉欣在這一瞬間，大概也忘了自己是台灣人。就像我在窗邊拍照，和其他越籍同事起哄一樣，罷工讓階級的界線變得更加銳利明顯，但混亂的場景卻讓自我身分認知變得模糊。

「台灣總公司已經在開會了，想辦法處理，但應該還會亂個幾天吧。越南人真的是有夠誇張的。他媽的，今年年終獎金一定會受到波及。」莉欣說完，直直地走去找守衛，打算把他大罵一頓，但前提是她要找到翻譯。

我們看著身邊的工人一個個興奮地衝進辦公室，平時工廠運作必須機械式地服從所有規定：「保持安靜」、「品質至上」、「符合流程」等等不符合人性的標語，今天全部都可以拋下束縛、在上班時間隨處亂跑、恣意聊天、胡亂叫囂。這是讓人腎上腺素節節飆高的時刻。

有了上次的經驗，這次工廠先行一步將該斷電的都斷電了，我們看著似乎太順利便進入廠區的工人們，他們看來沒有組織計劃，並不知道下一步該怎麼做，於是一群群人各自聚集在馬路旁的綠化帶聊天、吃東西——反正除了工作以外，什麼事情都可以做。

我低頭逆著人潮，快步往回走向辦公室。趁著守衛亭外沒什麼人，我揮手讓守衛放我進去。回到辦公室，一樓的樣品室已經關燈停線，廠區裡沒了燈，除了屋頂幾扇小窗透進些許陽光，能見度依然相當還是低暗，所有人都坐在自己的位子上，一排一排地像電線上的麻雀一樣，嘰嘰喳喳地聊天。一個年輕的台幹經理和一名樣品室上了年紀的老主管熱烈討論著該如何處理現在的狀況，即使看來似乎也只能「維持現狀」。

「外面怎麼樣？好不好玩？打！打！打！快打起來！」胖胖一看到我便興奮地問。

「打你個頭啦，死胖子。烏鴉嘴，到時候我們出去被打。」小雞用力地揍了胖子的肚子一拳，胖子肉厚，小雞下手從來不手軟。

不知為何罷工了幾天，我忽然想起總在辦公室作威作福，負面存在感爆表的蕃薯圓，何時變成隱藏人物？蕃薯圓其實也是底層員工，但比其他人多一個等級，官威特別大，喜歡收禮，平時作惡多端，基層台幹們也都討厭她。

我左盼右顧都沒看到她的身影，原來公司給孕婦的福利是提早三點下班，所以蕃薯圓這幾天三點就準時跑回家了。大家其實都在等待機會，若是暴動起來，肯定第一個圍毆她，身為小台幹的我都想避開她孕肚，順道補她兩腳。而這幾天蕃薯圓異常低調，平時潑婦般的嗓門，溫柔地和小鳥一樣。

「好無聊喔！看來今天又什麼事都不能做，只能等著下班，反正時間也快到了。」胖胖掩不住雀躍，畢竟單單打混摸魚就能領工資，果然是最讓人開心的。

沒有蕃薯圓讓辦公室格外安靜，比起其他廠區的暴動，我們像颱風眼一樣，外圍其他廠區的罷工風暴似乎與我們無關，因為無法開電，悶熱的辦公室讓胖胖黑色的粗眼鏡開始起霧，呆坐在這裡像桑拿浴，比起罷工，其實大家比較想回家。兩個小時後，下班的鐘聲響了。罷工跟上班一樣消耗體力，當然也要準時下班回家，好好休息，才能儲備明天罷工的體力。所有工人聽到下班的鐘聲，整齊劃一地並肩快步朝停車場走去，下班的車潮又如平時般湧現。

我眼睜睜看著小雞和胖胖消失在下班的人潮之中，我鎖上辦公室的門，跨上我的腳踏車，飛車前往餐廳。到了餐廳，我拿起乾淨的玻璃杯，在飲料機前裝了一杯冰鎮的酪梨牛奶，張望著餐廳裡的情狀，卻只看到阿富，而沒見到莉欣的身影。

「都沒班能上了，還這麼晚下班？」阿富邊咀嚼台式炒米粉邊盯著我看說道。

「沒有啦，跟越南的小朋友[註6]聊一下天，了解一下現在的情勢，不然完全不知道工廠外發生什麼事吧？」

「就算有越南的新聞可以看，我們也看不懂啊！何必造成人心惶惶？」阿富黝黑的臉龐露出聽天由命的表情，這是出外人的無奈：「這種排華的事件在東南亞很常見，台商工廠也遭殃。你這年紀的年輕人，聽過一九九八年的印尼排華事件嗎？印尼的排華歷史才是真的恐怖，當時上千人的傷亡，當地人看到男的就殺，女的就先姦後殺。」

「富哥應該也存了不少錢吧？這年紀還要在海外奔波，用生命換錢，不如回老家退休吧？」我想，以阿富資深技術人員的薪資標準，又外派這麼多年，應該有不少存款。

「當初剛踏進這行不懂事，學人家亂投資，沒存到什麼錢。沒想到年紀大了卻結了婚，老婆還生了三個小孩，只好再多奮鬥幾年啦！但是再過幾年我也得要退休了，不用在外地這樣漂泊了。現在工廠沒有以前好做，以前工廠老闆都隨便開，隨便賺，現在沒這麼好康了。」阿富淡淡地說。

外派台幹身在異鄉，特別容易接觸各種不良誘因，譬如許多投資快速致富的話術，譬如入股當地的投資騙局，又譬如被各種美人計騙財掏金……套路可說千變萬化、不計其數。有些年輕台幹借錢來貸款投資，最後揹上一屁股債，或是在宿舍沉迷線上賭場，把薪水與日支費都花光光。

「你喔，多吃一點才有影[註7]，如果等下人殺進來，才有力氣逃跑。」阿富看我今天拿的飯菜特別少，跟在身旁碎唸道：「而且今天沒有宵夜喔！晚上肚子餓的話，再來找我拿餅乾泡麵。」

這時，廚師走出來向眾人宣布：今天依然維持宵禁，用餐完請大家早點回房間休息，不要在餐廳逗留。

星期二——第四日

//

「由於T工廠已經停線，為了安全起見，請大家至一郡的品牌總部辦公室進行接下來的培訓會議，T廠會將你們的電腦一併打包至一郡，請安排相關人員前往。」一大清早剛起床，還在刷牙就收到了品牌客戶大鬍子的簡訊。

早上六點半，我在辦公室門口等阿財來，阿財卻遲遲沒有出現，我發簡訊給他說我不等了，便搭上車出發。車子穿過場內的道路，我看著窗外的綠化帶，快要開出工廠門口時，有人急促地用力拍打車窗，沒想到是阿財坐在守衛的機車後座，一路飆車追上了我們！

「為什麼公司警衛上班時間可以載著你追著我們的車跑啊？」我好氣又好笑地幫他開門。

「因為我塞給他一點錢。」阿財上氣不接下氣地說：「我一路上都是……都是用跑的……」

「好啦，還好你最後還是趕上了，吃早餐了嗎？我在餐廳拿了兩顆水煮蛋和麵包。」我準備要將食物掏給他。

「喔不用！我有帶早餐。」阿財從包包裡拿出一包炒河粉和一杯咖啡，比我的水煮蛋豪華多了。想不到這傢伙遲到歸遲到，早餐還吃得挺豐盛。

「阿財，你有唸大學嗎？英文怎麼這麼好？」我看著阿財解開保麗龍盒上綁的橡皮筋，盒子掀開，是滿滿爆出來的油亮河粉，河粉上還加了荷包蛋、餐肉與蔬菜。

「有啊。」阿財大嚼河粉又猛吸了一口冰咖啡，真是道地的越南早餐啊！

「你唸什麼？」我心想：這個剪了個西瓜皮、看起來俗里俗氣的小孩，竟然會唸書？而且家裡還供得起？

「我是唸藥學的。」阿財拿起手機：「要不要看照片？」

我接過手機一看，是阿財穿著白袍、手持試管燒杯的模樣。

「唸藥學怎麼不去當藥師？來工廠做什麼？」

「當藥師很無聊，這裡比較好玩。」

隨著車子由郊區駛向市中心，當地五郡是著名的華人區域，每當看到五郡商家招牌上的中文字，便知道差不多要到一郡了，街上行人熙攘如常，唯獨車子行駛到五郡時，平時人流壅塞的餐廳，現在顯得門可羅雀，或是為了怕生事，乾脆關起門來連生意也不做了！車子駛入一郡市中心，彷彿一輛載著我這位遊客的觀光巴士，沿途盡是法國殖民留下來的美術館、檳城市場與大劇院，一路直抵客戶總部。

我們一進辦公室，大鬍子便嚴肅地說：「太好了！沒想到這次的計畫這麼克難，我們已經浪費了寶貴的一天了，Billy只會在這裡待上一個禮拜，大家要好好地『使用』他。」

經過一個早上的培訓，到了午餐時間，我大口享受著冰涼的酪梨咖啡，酪梨的滑順口感、煉乳的甜味和咖啡的苦味自然融合。忽然間，大鬍子一把推開門，匆匆忙忙地跑進來。

「各位！跟你們說一個壞消息：下午三點市區要舉辦大型的罷工遊行。交通將會被封鎖，我們要在三點之前把你們送回去，請盡快聯絡司機來載你們，這間辦公室也會先關閉。」

我馬上轉過頭跟阿財說：「快點打給司機，看他最快什麼時候可以來載我們？」

「司機說，他早就回公司了，來市區可能要一個多小時。」阿財一邊用電話與司機聯繫，一邊對我說。

「好吧，我們也只能先找個地方坐坐。」我收拾著東西，和阿財離開辦公室大樓，左看右看，想著這時候比較安全的做法，也許是找個不太顯眼的地方吧？隨後，我們鑽進大樓對面的小巷子，胡志明市的都市設計很奇妙，現代的高樓大廈之間，彎進小巷子就像穿越結界，氣氛變得安靜祥和，幾個老人穿著白色的無袖內衣，凸著肚子坐在街上，一邊搖著扇子一邊聊天喝茶，吹著舒服的微風，逗弄著屋簷下鳥籠裡的小鳥。

胡志明市毫無章法的建築風格，讓我想起一個曾在越南住了很久的澳洲朋友說過：「西貢[註8]就像是一個花了一個月設計、卻用一天就蓋出來的城市。」

此時我想著：應該要走在大馬路顯眼的地方？還是該拐入小巷裡？大馬路縱然有示威民眾，但很有可能會被發現是華人，好處是有警察維持秩序，但越南的巷子常常是治安死角，容易被搶劫，因此台幹前輩們總是提醒要走巷子時要格外小心。但眼下的情況，估計大馬路上的警察也不會保護我吧！所以，我選擇走入人群稀少的小巷子，不知不覺地走過一間民房，一樓是一家年輕人開的家庭式咖啡館，經過時聞到濃郁的大麻味，旁邊幾個嘻哈穿著的年輕人看著社群媒體的影片跟著哼唱，我想這應該是個好預兆，代表此處充滿愛與和平。

「我們進去坐坐，等司機來接我們，司機快到的時候叫他打給你。」我對阿財說。

「好，但是請問我明天可以直接去客人辦公室培訓嗎？其實我家就住在一郡，若是跑去公司再坐公司的車子過去，好像有點笨？」阿財使出一貫的招牌笑容。

「好啦，你今天下班的時候刷完卡記得把卡片給我，我明天再幫你刷上班卡。」其實在工廠這是不符合廠規的，但我們都習慣這種上有政策下有對策的工作方式。

「謝謝小姐。」

在咖啡店裡，身邊繚繞著滿滿的大麻味，加上窗台上充滿文藝氣息的擺飾，我忍不住問阿財：「欸，大麻在越南是合法的嗎？為什麼可以這樣在街上抽到整條街都聞得到？」

「大麻？這東西當然不合法啊，只是警察不會抓，就算被抓到，應該就是付點『咖啡錢』，而你們這些外國人就再多付一點『外國人稅』就沒事了。」這個時候阿財的手機響了。

「小姐，司機快到了，我們走吧。」

回到大馬路上，罷工的隊伍剛好經過。路上的人們高舉標語，一人一張A4大小自製的小紙牌，上面用越南文寫著「反對經濟特區賣國草案」、「反對將租約延至99年」、「反對中國勢力入侵越南」，但我只看得懂「NO CHINA 99」。這些遊行隊伍由紅教堂[註9]至阮惠街行人廣場[註10]，到黃文秋公園[註11]。看得出來，除了胡志明市以外，罷工也在其他城市同步舉行。

走著走著，一不留神，我們就卡在人群當中動彈不得。阿財頗有男子氣概地說：「小姐，車子進不來，我們要走出去。你不要說話！要跟緊我！」

「好！」我把頭壓低，接著不發一語地緊抓著阿財的包包，身邊的人們用越南語大聲吼叫，我一個字也聽不懂，心想這些人也許不真的這麼了解社會運動或是政治理想，但多數人應該是承擔了巨大的生活壓力，見到資本主義系統的圍牆出現一條細縫，便爭先恐後地用拳頭重擊這道裂縫，雖然不知道圍牆外的世界是否真的如自己想像，但所有人都已經厭倦了被禁錮和剝削的生活。

阿財帶著我穿過人群的間隙，一下子我們就鑽出了人群，跨越了封鎖區，找到我們的車。上車後我還驚魂未定，直到關上車門，隔離了示威群眾的噪音後，才真正放下心中的大石。

「哈哈哈，小姐，你還好嗎？有沒有嚇到？」阿財笑笑地看著我：「可以說話啦！」

我這一瞬間腦子和語言間的纜線還沒有連接起來，但心裡的緊張讓笑容代替了我要說的話語。

阿財和司機聊了一陣子，我看著外面的街景，是早上的景色倒帶迴轉，從繁榮的一郡回到了鄉村感的工業區。

「小姐，司機說，工廠前門和後門都封起來了，我們只能從側門進去。」

此時我才發現，車子已經繞了工廠外圍第二圈，繞第一圈時發現大門鎖得死緊，門外還有不少黑衣人。接著車子開到了側門，司機搖下車窗，守衛數了人頭，問了幾個問題之後，打開閘門放行，閘門的大小剛好是車子的寬度加上十公分——不得不稱讚司機的駕駛技術！返回到辦公室的路上，只有三三兩兩的人隨意地走來走去。下車後，我們走進了一樓的樣品室，室內仍然是斷電的狀態，技術員和針車手坐在位子上，縫紉機和其他設備被放在一旁，靜靜地聽著作業員聊天。小雞、胖胖和其他越南員工用椅子圍成一個大圈，因為不能使用手機，便玩起了他們最喜歡的推理遊戲來打發時間。

「咦？今天也這麼早回來？」小雞看到我一副調侃地說。

「對呀，市中心已經開始遊行，客戶緊張得趕快把我們趕回來了。」連冷氣都斷電了，胖胖頻頻地邊擦汗邊叨絮著：「一早來公司的時候，還開了一下電腦，然後遊行隊伍又進來了，我們就只好斷電，到現在不知道要做什麼，出又出不去——妳要不要跟我們一起玩狼人殺[註12]？」

小雞偷偷拿出手機：「你要不要看影片？有人在門口直播。」

手機畫面秀出Facebook的直播影片，畫面視角是由樓上往下拍攝的，一群工人正在與守衛和警察爭吵、叫囂，地點就在公司的大門口。

「哇！這麼刺激？那我得去看看！」我對小雞和胖胖說。

「好啊，你去看看，然後回來跟我們講八卦，但要自己小心一點喔，有事打給我。」小雞說完，用交付搜集情報任務的眼神看著我。

我再次偷溜下樓，離開前不忘抓起小雞的外套、戴上作業員的帽子加上口罩，稍微喬裝一下外貌，讓自己看起來不這麼像台幹。雖然小雞的外套有點緊，但至少還是能假扮一陣子越籍員工。下樓後，我沿路往大門走去，工廠的設計很嚴密，從辦公室到大門口得經過三座守衛亭：第一座在辦公室外面，第二座位於廠區外面，第三座才是緊鄰工廠大門。這樣的設計是為了產品安全以及應付這類罷工運動的發生，也因此將工廠蓋得跟監獄一樣。

走到接近大門處，遠遠就能看見一大群人圍繞著門口觀望。我使勁地從人群後頭擠到前排，前面站著幾名穿綠衣的警察，戴著防護面具、手持盾牌和警棍，兩旁的越南工人開始鼓譟。仔細一看，發現第一排都是女性。接著，人們的叫囂越來越大聲，幾個越南歐巴桑開始對著警察叫罵，而警方也不甘示弱地透過擴音器回應，勸告現場民眾冷靜下來。接著，工人團結地一起高喊標語，一步步向前推進，警察這邊顯得勢單力薄，只能吹哨、揮舞警棍來嚇阻工人們的逼近，而警察的行為似乎被當成了挑釁，示威人群的情緒越來越憤怒。

直到前排人群和警察發生了推擠，忽然有人大喊：「有人被打了！」憤怒的工人開始撿拾地上破掉的地磚和花圃裡大顆的石頭，朝著警察猛扔，任何可以被當成武器的物品都被丟了出來：水瓶、紙杯……等等垃圾齊飛，連掃把都被拿出來當成攻擊的武器。有個工人還扛了滅火器，朝著警察亂噴一通。警方眼看著局勢已經難以控制，按照現場的人數比例，大概是十個人圍毆一個警察。猝不及防地，警察拿出了催淚瓦斯，朝著群眾投擲，沒戴口罩的工人被瓦斯嗆得眼淚直流，紛紛往後撤退，有戴口罩的工人們則繼續頑強抵抗。忽然間，連續幾聲「碰！碰！碰！」人群們才真正開始被驅散，某些人開始大喊大叫：「警察開槍了！警察開槍了！」但其實警察是為了驅散民眾而點燃了一大串鞭炮——這招倒是挺有效的，而且越南警察的權力不小，工人們開始摀著耳朵往回擠，手上還拿著自己的小包包、冰桶等等，誰都不想掛彩，在混亂的推擠中，我好幾次差點被推倒在地，忽然間，一隻手臂把我撈了起來。

「白痴啊你？不知道這很危險嗎？在這裡幹嘛？台幹給我滾回去！」我抬頭一看，發現莉欣正火冒三丈地看著我。

「妳不也是台幹嗎？」我笑著說

「我是做CSR[註13]人權耶，廢話我一定要來啊，幹！你以為我想來？快給我回去。這群越南人已經夠麻煩了，你台幹不要給我找麻煩。」

看著莉欣氣到頭頂冒煙，眼睛噴出火球，我默默地走回辦公室。

「這麼快回來啦？」小雞笑著說。

「對啊，遇到莉欣被罵了一頓。」我低著頭尷尬地說。

「你快來看網路上這支影片，鄉下有一個警察局被罷工的人燒掉了耶。」小雞興奮地偷偷在桌下拿起智慧型手機，畫面是一個連柏油路都沒有的村鎮，一棟土色的建築冒著熊熊火焰，建築上還掛著越南國旗，外面幾個人在叫囂，幾個警察站在外面冷靜地抽菸，看著自己工作的地方被火焰吞噬，一副事不關己的樣子。

「這在哪裡啊？」

「好像是同奈那邊的鄉下，你還是先乖乖待在這裡，況且差不多要下班了。」小雞把手機收起來。

十分鐘後，悅耳的下班鐘聲響起，罷工的暴戾之氣被夕陽與晚霞照得一片祥和，人群開始往門口和停車場前進。

我慢慢地踱到了飯堂，看到阿富對面坐著一位陸幹，我們都管他叫老劉。老劉是一個五十多歲的版師，廣東人，光頭，脖子後面摺起來的贅肉足以夾死蚊子。聽說廣東話與越南語接近，老劉是少數能與當地產線大姊聊上幾句的陸幹，而且大家都知道，老劉在廣東有家室，但針車組的其中一個作業員是他的地下越南女友。通常老劉都在大陸人的飯堂吃飯，大陸飯堂口味比較重、油、偏辣，台灣的飯堂口味比較清淡，不太符合陸幹們的口味。

「嗨！老劉，今天怎麼難得來這吃飯？」我跟老劉打了招呼。

「我跟你的好朋友阿富一起下班，順道一起來吃。」老劉笑著回覆。

「你們那邊還好嗎？我今天看到警察用上了催淚瓦斯。」

「我們開發中心還好，產線那邊的陸幹都不敢去上班。以前在大陸，工人不聽話還可以罵他，可是越南工人，連碰都碰不得！他們可是會記仇的！現在是官比民還小的時代了。」老劉搖了搖頭。

「聽說越南女工可是很兇悍的，罷工第一線拿石頭猛K警察的都是女生！畢竟越南是母系社會[註14]，負擔家計、出外賺錢，對家庭負責的常常都是女性。週末放假，男人跑去咖啡廳納涼聊天，女人在家帶小孩，說來真是不簡單。」阿富補充說明。

「越南人本來就生性浪漫，大概是被法國人殖民性格影響到了？跟現在的法國一樣，不也是到處罷工？」老劉說。

「殖民性格啊？那台灣人被日本人殖民，吃到他們口水，學到對公司死心塌地、鞠躬盡瘁，台灣承接的是日殖送來的奴性和責任制。」阿富不經意吐露了心聲。

星期三——第五日

一大早，我幫阿財打完卡後，獨自搭上了公司的車，前往客人總部，因為時間實在太早了，連罷工的人都還沒現身——畢竟得要睡飽、吃飽，才有力氣罷工吧！

手機響起，阿財傳來簡訊，我猜測他該不會又要遲到了？

「小姐，我要跟你說抱歉，我爺爺昨天過世了，今天沒有辦法去上班。」

「沒關係，你在家裡好好處理，別擔心。」

「我也有可能會辭職，因為家裡會需要我回去幫忙，可能會要回去繼承家業。」阿財不斷地傳簡訊道歉。

我暗自嘆了一口氣，工廠已經招不太到工人了，少了阿財，我上哪裡去找員工呢？

「沒關係，你先處理家裡的事吧。其他事情之後再說吧。」收起手機，我靜靜地望向車窗外充滿生命力的胡志明市街景。同樣的街道上，駐紮逡巡的警察數量明顯變多了，還穿著不一樣顏色的制服。

「司機大哥，請問警察制服怎麼有不同顏色？」路途實在太漫長，我也聽不懂越南廣播與歌謠，便試著與司機聊聊天，探探他懂不懂中文。

司機一手握著方向盤，一手把廣播音量轉小回答我道：「我們……越南的公安制服分成……啊……傘（三）種：土色、綠色和那個……黑色吧。土色是地位最低的交通警察，綠色是一般管理秩序的公安，黑色那種最兇。」

「黑色是武警？S.W.A.T.[註15]？」我猜想。

「哈哈哈哈！」司機顯然地聽不懂我在說什麼，依然禮貌性地用笑聲回覆我。

到了客戶的辦公室，安穩地度過整個早上的培訓，好不容易到了中餐時間。我們一夥人，有男有女，美國人、台灣人和越南人一邊吃著壽司，一邊閒聊。

「你們都是最棒的學生，一定可以在期間內培訓完成。」Billy客套十足地稱讚大家。

「那你會多待幾天嗎？有沒有想去的地方？」

「嗯，應該不會多待，但是有想去的地方。」Billy的眼神閃過一抹邪念，接著用肩膀推推T工廠的主管：「我們可以去那個『小卡片』寫的地方嗎？」

T工廠的主管笑了笑，他們公司款待客戶的方法，始終都是招待客人去聲色場所，為了讓這批雄性動物們放心聊天，我識相地拿著食物悄悄地離開，走到了窗邊，倚在高樓窗戶旁，用上帝視角俯瞰著一郡繁忙熙攘的人群。

「我聽說你們工廠在罷工，街上的情況也還是不穩定，今天可能還是要讓你們在下班尖峰時段之前回去，我不希望你們發生什麼危險，我們只是一般的外商，你們的工廠可能更安全。」大鬍子走到我身邊低聲地說。

飯後接著上了幾個小時的培訓課，大約下午三點，我跳上公司保母車，往返回工廠的方向前進。一路上已經見不到昨天的抗議人潮，我聽著越南語的廣播，時而主持人連珠炮似地說話，時而播放我聽不懂的越南歌曲，不久後，車子終於駛回熟悉的工業區。經過昨天的緊張局面，司機經驗老道地直接從側門開入廠區。

「今天有沒有新鮮事？」我在辦公室外走廊上，恰巧遇到剛從廁所出來的小雞。

「有啊！你看見大門口貼的那兩張紙嗎？那是協理的新主意——今天一早協理集合所有的員工到工廠前面空地，協理說我的中文最好，就把我抓上去做臨時翻譯，我整個超威風的欸！但得面對著這麼多人說話，真是嚇死我了！」小雞漲紅著臉，聲音還有點顫抖。

我仔細地看了其中一張有中文翻譯的紙，內容寫道：

親愛的各位同事：

1. 各位同事表現出愛國的精神，工團與經理都已充分了解，建議各位同事保持冷靜，不要被不良分子煽動，影響秩序和公司的穩定生產。

2. 根據勞動法令與公司勞動內規，上班時間離開崗位和擅自停止生產，是沒有薪資的。但考量維持良好勞資關係，經理部與工團協商6/11、6/12給予停工待料[註16]假。

3. 6/13（含）後正常上班者依公司規範支付薪資；正常上班時間離開崗位的同事，將不予給付薪資。

4. 工團與公司經理皆相當盼望各位同事回到生產崗位正常工作，保持日常生產運作。

文件末尾一併附上工團領導簽名、總經理簽名與公司官印。

「嗯，所以簡而言之，前幾天的罷工公司可以網開一面，照常給薪，但接下來如果繼續罷工下去，就不發薪水了對吧？」我扼要給了個結論，轉頭問小雞：「另一張紙上面都是越南文，那是誰寫的？都寫著什麼？」

小雞幫我翻譯：「喔，是越南勞動聯合總會[註17]。」

致所有的國家勞工、工會工人：近日，議會針對《特別行政區——經濟單位法案》進行了討論，某些不良分子煽動當地工人聚集，影響正常生活、生產勞動、法律秩序和社會安全，並造成交通壅堵與極端行為。基於審慎考慮，國民議會已於2018年6月11日上午投票決定調整第六屆會議，通過《特別行政區——經濟單位法案》的時間，並將會在維護國家安全、國家主權和國家經濟發展的基礎上繼續研究、最大限度地傾聽人民的意見，並儘快完成草案。我謹代表越南勞動總聯合會執行委員會，敦促所有工會會員和工人保持鎮定、警惕，不聽從不良分子的煽動，切勿濫用愛國主義。同時，請將此訊息傳播給周身親戚、朋友和同事，切勿從事非法的行為，或在社交網站上分享挑釁的內容。為了國家的穩定與發展，讓我們團結一致，信任黨和國家的領導，才能戰勝敵對勢力的陰謀！保持秩序與安全、保護公司和企業、保護人民的工作權益！祝福所有工會會員、勞動群眾身體健康，安心地活動並穩定家園的生活！致上真誠的祝福！

「這個發言方是政府嗎？」我聽完後還是一頭霧水。

「算是為勞工發聲的官方組織，如果勞工有提議，會透過他們傳達給政府。」

我倏然想起外面的廣播依然像唸經一樣持續地播放，中間串場的曲子則像是晨間新聞的音樂，在這樣情況下，這類音樂反倒感覺撫慰人心。

「現在放的越南歌廣播是什麼還滿好聽的。」我問小雞。

「煩死啦！那是工團[註18]播放的愛國歌曲，內容大概是越南勞動聯合總會的聲明。前幾天工團不是才開會討論要不要罷工？工團當然都幫企業講話啊！那些幹部都是有領薪水的，前幾天工團領導演講時還被轟下台，如果這麼順應民意，現在還會罷工嗎？」小雞年紀輕輕，卻一副已然看透人生的老成模樣地說：「我要先回去了，不能出來太久，到時候被誤以為跑去罷工那邊。」她轉身一溜煙地跑回辦公室。

回辦公室前，我忽然想去和阿富打聲招呼，關心一下他的狀況。經過樣品室時，旁邊就是版房，沒想到樣品室裡面一片漆黑，作業員都不見了。拐進隔壁的版房，也是一片黑暗，只有窗外的陽光微微地照在空無一人的辦公室，朦朧之間我分辨出三個人影，分別是版房經理、阿富和老劉。

「一樓怎麼連個作業員都沒有？我們也要罷工了嗎？」

「是你喔！嚇死我了！早上上班才沒多久，外面就開始罷工了，跟前幾天一樣，然後有幾個黑衣人闖入，手中揮舞著棍子，大喊：『都叫你們停線了！還開設備？國難當頭，你們還這麼自私地為了自己的工作！從現在開始，誰工作我們就打誰！』說完還掄著棍子打旁邊的鐵櫃，你看——櫃子都凹下去了。」阿富說完指著無端受波及的鐵櫃。

「是啊，然後大家就都被他們趕出去了，我們家小朋友們也都不敢回來，怕會被打。」老劉邊笑邊擦著斗大的汗珠，因為斷電，冷氣也關了。

「你也不要到處亂跑，以你的個性一定像個好奇寶寶一樣跑去探險，莉欣已經跟我說了，要我看緊你。待在這裡，等一下就下班了，一起去吃飯吧，不要落單。」阿富一臉嚴肅，看起來是不會讓我離開他的視線。

被迫在版房待到下班，鎖上門後和他一起走去飯堂。我和阿富看著依然豐盛的食物，盛了滿滿的一盤台灣味——糖醋里肌、鳳梨大蝦、魚香茄子、番茄炒蛋、爆炒青蔬。

「今天你還沒到的時候，我在跟老劉閒聊，陸幹對公司很不滿。」

「他們有什麼好不滿的？」

「他說已經有幾個陸幹在罷工裡被打了，很多陸幹都不敢上班，怕被趁機報復。」阿富嘆了一口氣，畢竟大家都是外派，能夠感同身受。接著說道：「這也沒有辦法，產線的管理本來就跟我們坐辦公室的不一樣。有些陸幹除了強勢，也有自己的壞習慣，這都是在大陸就養成的，你知道，中國人本來就愛收禮，上次我去量產產線，看到一個女陸幹坐得高高的，讓幾個越南人幫她修指甲，活像皇太后一樣。總而言之，他們覺得無論如何，都是為了公司效命，但是公司卻沒有特別保護他們。」

「我也聽說一些陸幹要求公司立刻幫他們買機票回去中國。」

「這也是情有可原，二〇一四年時狀況這麼慘烈，聽說公司在第一時間就把台幹的機票都買好了，見苗頭不對就派車送去機場包機回台灣，反而是陸幹被困在越南。」阿富又回憶起當年大罷工。

「我聽說當時陸幹吵著要回國，不想跟公司同進退，跑去飯堂外面舉牌抗議。」我指了一下飯堂門口，聽說就是那兒開始的。接著說：「外頭工人罷工，裡面幹部抗議，完美地表現了『外患』和『內憂』，讓公司很生氣，接著開始擬定政策，不再請中國人，離職後不補人，這幾年大舉招募台灣新鮮人當儲備幹部。」

「也不能怪他們，當時聽說外面罷工的人連宿舍的鐵門都打壞了，一個個衝進來，看到值錢的東西就搶，跟暴民一樣。」

「也是，聽說大陸的管理策略是跟台灣人學的？」

「算是吧，當年大陸開放時我們就去設廠了。以前我們什麼都不懂，也不像現在這麼進步，哪裡像現在這樣給你們小台幹從小就是愛的教育。」阿富邊說邊笑了笑。

「聽說以前跟台灣老師傅學習技術，還要請抽煙喝酒，心情不好就會打人，也會把徒弟當狗臭罵，一個不開心，楦頭[註19]就K過來了。」這種暴力師徒制的傳聞，我也聽過。

「之前在大陸某個台灣工廠的老闆，不就是被陸幹活活打死？」阿富說著，挑了挑眉，降低聲量，畢竟現在是八卦時間。

「真的假的？怎麼死的？」聽到這種八卦，我禁不住好奇心噴發。

「好像是巡視工廠時，當地積怨已久的大陸員工，順手拿滅火器從他頭上K下去，雖然當場就送去醫院，但還是翹辮子了。」

我想起曾經去過這家公司面試，薪水低得離譜，海外工作三萬塊台幣，在台灣隨便一個大學畢業生的工作都有三萬塊，這個價碼根本是羞辱人。而且簽證費要自付，機票也要自己出，工作滿一年才會補額，根本是還沒上班就先繳學費，然後騙人說做久了會加薪，眼光要放遠等等，與其是徵才，根本就是詐騙。

「他們管理中國人也很殘忍，羞辱、肢體暴力、扣工資，什麼都來。以前台灣人其實也是這樣對中國人，而現在中國人又衍生出更暴戾的管理風格帶進越南工廠。所以每一次越南罷工，陸幹都是最害怕被打的。」

星期四——第六日

一大早，我又隻身踏上往一郡的路途，早上的培訓如同往常，同樣地為了預防罷工，原本一天的課程濃縮成半天。到了中午，Billy和大鬍子異想天開地提議大家出去吃飯，這幾天都在辦公室吃，實在是悶壞了。

「我知道一家越南傳統料理很有名，不太遠。」大鬍子舔了舔被鬍子淹沒的嘴唇。

「但是現在外頭這種高溫度，五分鐘我就會像蠟燭一樣熔掉。」Billy緊張地說：「就算是五分鐘，我也想搭出租車。」

「那我們坐車吧，我來叫車。」T工廠主管拿起手機，叫了一台小巴士。

一上車，Billy和大鬍子開心地用英文聊天，而我也與T工廠的主管用中文聊起罷工近況，其他幾個越南員工安靜地在後座滑手機。

「聽說你們公司最近鬧得很兇？」T工廠主管說

「是啊，前天我還看到警察對工人扔催淚瓦斯。」我苦笑著。

「我們還好，只是停線了。你們工廠的罷工是有名的，每次罷工都是由你們開始的，特別是為了調薪的罷工，你們只要妥協，其他人也只能跟著漲工資，不然怎麼找得到工人？」

原本打算回應這個話題的我，感受到不對勁的氣氛，開車的司機兩隻眼睛正兇狠地透過後照鏡瞪著我們兩個講華語的人。

「你們是哪裡人？是中國人嗎？」司機用不流利的英文問，我跟T工廠主管驚嚇地不知該如何是好。

「我們是美國公司，你有聽過嗎？我們很有名喔。」大鬍子機智地用英文回答。

「那後面那兩個人呢？他們是中國人嗎？」司機依然死盯著我們倆。

「我們是新加坡人。」此時我想到之前吃飯時阿富的故事，我反射性地說。

接著，越南員工用越南語幫我們說話，才看到司機的情緒漸漸地平靜。下車後，大鬍子和Billy試著緩和氣氛，但是美味的佳餚仍籠罩在低氣壓中，吃完後大鬍子眼看著罷工情勢不見緩和，表示接下來如果有需要開會的話，會改為線上討論，今天依舊讓我們各自提早返廠。回到辦公室的路上，我老遠看到協理的眼鏡歪斜一側，手上還包了紗布。

原來下午稍早，一夥暴動者衝到樓下辦公室門前，協理早聽到風聲，把四周鐵門都拉了下來，單單留下一樓的一扇玻璃門。協理拿著一根鐵棍站在門口，手叉腰守著不放人進來，其他幾個比較壯碩的台幹擋著玻璃門。而暴動者為了阻止樣品室開工，使出蠻力試圖強硬地拉開玻璃門，而協理他們不讓開，門被兩邊勢均力敵的壯漢拔河，力量太大以至於整個玻璃門應聲碎裂，協理的手還被劃了一道好深的傷口，流了不少血。

接著暴動者們衝進樣品室和辦公室，嚷嚷著讓大家出去，不許開工！幾個其他台幹在阻擋的時候也摔得東倒西歪，有些還扭傷了手腳。職員們被罷工分子趕出去之後，一個小時後沒地方去，外頭天氣又熱，又紛紛返回座位，但沒人敢開工。

「Miss，快點把妳脖子上的員工證拿下來。昨天Facebook上就有人在發文，威脅全公司必須停線，不然會給我們好看。現在公司只有我們還在開工，員工還來辦公室上班。他們說我們很不合群，丟越南人的臉，沒有支持罷工。所以宣稱如果看到我們廠區的員工，便見一個毒打一個，直到我們都沒來上班為止。這張員工證又是紅色的，實在有夠明顯唉！」胖胖趕緊提醒我。

一轉眼，廠外的馬路上又出現了敲鑼打鼓的噪音，罷工團體拿著各種工具敲打著垃圾桶之類的鍋碗瓢盆，拿著標語呼喊口號，應該是又攻陷了一個廠區，成功迫使工廠斷電停工。隨後，他們三三兩兩地聚集在廠區空曠的地方，重複吶喊訴求。

「前幾天，越南總理才說要把三個經濟特區搞成『小新加坡』，大家都覺得這幾個地區給了中國就不會回來了。大家都說『延期九十九年的土地租賃法將直接影響我國主權，讓我們落入中國之手，越南人民可能會喪失四千年的歷史，我們可能會從世界地圖上消失。』這有點誇張，他們太小看越南人討厭中國人的程度了。」胖胖說。

「聽說政府還要學中國那一套，搞網軍弄『網絡安全法』草案，預計將在明年一月正式實施，聽說上傳反政府的言論到社群媒體，警察就能夠抓人，搞得大家更不爽。」

根據新法案，任何在網路上參與反政府活動或發布扭曲越南革命成就、誹謗宗教、散布不實謠言、從事性交易活動、違背傳統文化道德、破壞民族團結等資訊者，將會被當局列入黑名單。法案中提到當局可以要求社群巨頭，在二十四小時內刪除所有當局認為違規的言論。未來也會要求Facebook、Google、Twitter、 LinkedIn、Line等，只要在越南提供網路服務的所有海內外科技公司，都必須在當地設立辦公室，並將越南用戶資料儲存在越南境內。若是政府對於內容不滿意，也可以立刻刪除。

「這些法令中國早就實行了，沒人可以用Facebook！」小雞邊為我翻譯邊火氣高漲。

「再加上，愈來愈多中國人來越南炒房地產，誰還買得起房子？」

看著純正越南人的胖胖氣得口沫橫飛、唾沫噴了一地，我忍不住轉頭問小雞：「妳也是華人，排華會受到牽連嗎？」

小雞歪頭思考了幾秒鐘：「我不講中文、講越南文就好了。」

越南華人就像是台商與越南員工之間的「夾心餅乾」，既不可能成為台灣人，亦不像越南人，而不懂當地語言的我們倚靠著他們的翻譯能力。一方面台幹小心翼翼地不敢將真正的技術交給他們，陸幹更是亦然，深怕有一天被當地人取代。而這群「夾心餅乾」們在辦公室大多從事文書工作，例如人資、實驗室等文房幕僚，就算表現差強人意，但只要還有翻譯才能，依然被重用。而產線員工大多是越南人，不懂中文也不懂英文，單方面地接收訊息、完成指令。當然，也有一部分越南人努力學習中文，或是試圖用英文與幹部溝通，但依然無法扭轉情勢。每當罷工或排華事件發生，這群身為夾心餅乾的越南華人也同時陷入兩難：一邊是鄉里鄰居，一邊是同文同種的外來客；一邊是人情義理，一邊是工作升遷。責任、身分、認同形塑為龐大繁複的迷宮，出口難尋。

下班的鐘聲響起，樓下集會的人們開始歡呼，慶祝又一天成功地阻止了工廠運作。他們心滿意足地走向夕陽、踏上歸途。

我和阿富餐廳面對面坐著，眼見莉欣從遠處走來。

「稀客啊，好久不見了，我們的人資美女、網紅小姐——今天有空陪我們這些台幹吃飯，不用陪妳的越南粉絲？」我故意開玩笑地說著，想到她差點在罷工時和越籍員工合影留念，應該可以虧她好一陣子。

「你不要虧我了，我前陣子被抓去跟總公司開會，回宿舍還得繼續寫報告，我都快要也去罷工了！」莉欣生氣地大扒了口飯。

「我很慶幸廚師沒有罷工。對了！廚師不是也是越南人？」我忽然感恩起盤中的餐點。

「為了不讓『你們』這些幹部餓著，公司提供廚房員工兩倍的薪水，勞煩他們來上班。」這類小道消息只有身為人資的莉欣會知情。

「我聽說很多陸幹都在宿舍沒去上班，就連老劉都沒來。」阿富聽起來不很開心，畢竟遇到罷工，工作進度延宕，同事還沒有來幫忙。

「是啊，他們都很怕。這裡是一個越南和中國競爭的世界，而台灣人享有豁免權，老闆還是比較相信同家鄉的人。加上陸幹大多負責工廠管理，本來就容易被員工積怨。」

台商製造業的歷史脈絡，最早是日本人教台灣人做鞋子，台灣人再去中國設廠、教中國人製鞋。中國人又把技術強化。當時台灣人對中國人的管理態度惡劣，現在中國人再把這套不人性的管理法『優化』應用到越南人身上，才會讓越南人想要施加報復。陸籍幹部其實也是夾在台商和越籍員工中間的三明治。

「一方面，這樣的階級差異讓人覺得不公平，即使越南人升職生得再高，也不會比中國人高，永遠都被陸幹踩在腳下。但反觀中國人其實更討厭我們台灣人，像你一個初出社會的小毛頭，什麼經驗都沒有，來做台幹起薪就跟他們做了幾十年一樣，他們心裡會平衡嗎？當然是想辦法耍手段把你弄掉啊。」阿富一臉無所不知似地說道。

一方面，中越常有政治議題讓越南工人罷工，因此公司也正在減低陸幹的比例，想從華人公司轉變成台灣公司。而且，與其從中國請一個有技術的陸幹，何不在越南人當中拔擢？他們已經了解工作內容，能夠適應環境，薪水又低，公司就這麼越來越在地化，到時候大陸人在台廠反而變成了少數族群。

「最近聽到一個不知真假的小道消息：公司方決定退出

中國生產，一方面前幾年東莞的罷工造成的。」

「你是說幾年前東莞廠關於社保議題的抗爭行動嗎？其實大家心知肚明——是當地政府想清算台商。」阿富說道：「當初公司設廠時，以為在大陸生產幾十年後就會遷廠，所以沒有幫員工加保退休金。沒想到過了幾十年，廠還沒遷，卻開始有員工要退休，這可糗了——員工發現努力工作了幾十年之久，拿到的退休金卻根本少得可憐——這批退休員工於是開始罷工，公司一直被員工、中國政府和品牌客戶施加壓力。最後公司在法庭上被判輸敗訴，還要回溯之前的保費，據說要賠六十億台幣欸！」

「如果中國關廠，有可能會遷廠到越南嗎？這裡每年頻繁的罷工抗爭，雖然說是吃到法國人口水，屬於正常能量釋放，但是產量還是會有影響吧？」我十分懷疑遷廠的可行性。

「是啊，這次總公司就在研擬對策，可是，要是不待在這裡，又該去哪呢？」

我們各自陷入沉默地思索，我思考著，連越南文還沒學會，就要先預習下一個異國語言了嗎？

星期五——第七日

//

清早起來，耳中卻沒有傳來工團發送的廣播，前往辦公室的路上一片安靜。一般來說，平日的早晨風景，是在廠區與廠區連接的道路上總是有三三兩兩的工人，穿著花花綠綠的工作服，帶著生產線的小帽子，各自圍成小圈圈席地而坐，一邊享用保麗龍碗裝著的新鮮早餐，邊吃邊聊天，即使偶爾颳起風沙也絲毫不會影響興致。

反觀今早的街道上。半個人也沒有，取而代之的，是全副武裝，身著黑色防彈衣的武警，他們戴著全罩式頭盔，穿了護肘和護腿，腰間各自掛著一根木頭做的警棍，手持盾牌。我數了數，約莫二十名警察為一列，總共十列。武警挺直腰杆、行動劃一，遠看有些像是一塊黑色的、會移動的人肉立方體。

拐到下一個路口，原本也是工人們的早餐特定席座，成了警察的休息區，一個個警察坐在公司花圃的草地上喝著咖啡，每個人都把頭盔解下來，放在盾牌上，一整組防暴配件被放在一旁，悠哉地閒聊。幾名武警之間搭配一隻警犬，這些毛色黑黃交雜的警犬被戴上嘴套、綁在後面的圍牆邊，相當安分地坐著，眼望著偶爾經過的行人。

「今天街上有好多警察喔！」我一到辦公室便興奮地嚷嚷著。

「錯！不是警察！——是鎮暴警察！——制服有夠帥的！」小雞不無挑撥興頭地說，前幾天暴動的緊張氣氛瞬間減少大半。

「前幾天十幾個人打一個警察，今天如果再罷工，好歹也是十個人打三、四個警察。」

「喂！協理說台幹們開會了！」Judy姊用台語大聲宣告。

我拿起筆記本走進會議室，今天的會議看來沒有打算請任何越南幹部參與，等到台幹與陸幹都就坐後，協理發言。

「今天開會的內容，希望各位不要外洩，尤其是洩漏給越南員工。昨天，總公司經過開會研議，也相信今天大家看見了路上有很多荷槍實彈的軍警，這些軍警是公司花錢請來的，一方面我們身為越南最大外商工廠之一，公司必須對越南政府施壓，才能召集到這麼多鎮暴警察。總而言之，今天開始應該可以恢復產能。而今天找各位來的目的，是為了提振工作的士氣！罷工抗爭現在『應該』告一段落了，但我們依舊不能掉以輕心。包括產線、樣品室，辦公室，都需要好好整頓一番，請大家在週末前整理乾淨。」協理嚴肅地說道：「總而言之，這場災難總算過去了，大家都辛苦了。沒有其他問題就散會，有問題請私下找我討論。」

走出無聊的會議室，看到小雞和胖胖圍著一群人，指著一台電腦嘰嘰喳喳地討論剛發生的工安意外，一名工人被倒車的卡車撞死了，大家在集資募款給他的家人。偶爾會聽到工廠發生工安意外，也有聽說過工人面對無趣而重複的工作，心理壓力備增，因而在工廠跳樓或在廁所上吊。

「你們還在討論那起意外？」

「因為意外發生在去我們餐廳的路上，路被封住，今天要繞遠路去吃飯。先來看看午飯吃什麼？嗯……今天吃炒菜、雞肉、排骨湯。」胖胖每天到早上十點就開始餓了。

「聽起來還不錯，我也想吃。」台幹餐廳吃了這麼久，也吃過中國工廠的基層員工餐廳，開始好奇越南基層勞工餐廳的菜色？

「拜託，台幹餐廳吃這麼好，你想來我們這裡受苦？」胖胖吐了吐舌頭，假裝嘔吐的樣子。

「胖子！帶我進去啦！」這時我拿出台幹的惡勢力，加上友情威脅。

「要看有沒有位子？你吃不多，應該可以吧。」胖胖想了一下應允道。

不久後鐘聲響起，我跟著胖胖走去一棟陌生的大樓。我默默地跟著他走，一路上很少人對著我指指點點。胖胖說，他們覺得台幹也來這兒吃飯很有趣。我們沿著一樓走到二樓，從一樓開始還算乾淨，地板和樓梯把手積了一層不算太厚的污垢。比起之前在大陸的員工餐廳好多了，員工相當有禮貌地排隊入場。從二樓門口一走進去，就看到小雞和朋友坐一桌，小雞比較資深，和胖胖這種菜鳥分開坐。我老遠就看她從袋子裡拿出半隻白斬雞，其他同事拿出越南沙拉，還自備碗盤擺盤。

小雞甫抬頭，看到我便大吃一驚：「你當真來吃啊？要不要跟我們一起吃？」

「不用了，我去坐胖胖那一桌。」接著我小聲地問胖胖：「他們午餐都這麼豐富啊？」

「是啊，小雞也算小主管，薪水比我們多啊，她吃了這麼多年，自動加菜剛好而已——喔！我們的座位到了。」

眼前是大概一米五寬的不鏽鋼桌子，一張桌子足以容納五個人，旁邊放著五張疊起來的靛紫色塑膠椅子。胖胖用盡吃奶的力氣，好不容易抽出了一張給我坐，其他已經有三個越南同事不好意思地看著我。不鏽鋼桌上倒放著一個紅色的塑膠籃子，我才發現它是食物的遮罩，中間已經放著準備好的餐點。這種中央廚房裡事先做好的餐點，放在桌上必定會招來蒼蠅，塑膠遮罩盡責地保護著食物。

一大盤炒空心菜，葉子已被摘除混著蒜頭拌炒。炸雞肉已先醃漬過，雞肉表皮混著香料，炸成深咖啡色，放在不鏽鋼的大盆子裡。一盆小臉盆般大的排骨湯，混著蓮藕燉煮，上面擱著一根俗豔的桃紅色湯匙。

一位不認識的越籍同事拿起疊著的白色中式飯碗，拿起不鏽鋼飯盆幫大家盛飯。胖胖順手將紅色的遮罩掛在不鏽鋼桌下方的釣鉤上。我暗自驚嘆道：多麼聰明的設計！每根柱子上大型電風扇發出嗡嗡聲，遮罩也隨著風搖擺著，似乎很愜意。

「不好意思，我們的餐點差強人意。」其他同桌的人看到台幹來同桌用餐，笑容中有幾分靦腆。

「不會，雞肉炸得有點老，但很好吃。排骨湯雖然涼了，但天氣這麼熱，喝這個湯剛剛好。」不知道是不是因為飢餓，我覺得菜餚比大陸工廠好吃。

「通常我們都是兩菜一湯，有時候會有綠豆湯。但我們都吃膩了。有魚的話我就不吃了，吃完整個下午嘴都是臭的。」胖胖神秘兮兮的說：「欸欸，知道嗎？其實這間餐廳頂樓會有鬼火出沒。」

「什麼鬼火？」我一邊接過其他員工幫忙遞來蓮藕排骨湯。

「聽說每年農曆七月頂樓都會火燒厝，剛好是工廠稽核盤點的時候，可能是積攢太多見不得人的文件，必須燒掉。」胖胖邊聊邊啃吮著雞腿，桌上的雞骨頭漸漸堆成了一座小山。

胖胖說完之後，其他人差不多也吃完了，整張桌子大概還有一半的飯菜剩下。其他人把剩下的廚餘都倒到湯裡，再將椅子疊好，飯堂的阿姨開始清理，我們一邊說笑著走回辦公室。

進到辦公室時，我差點被絆倒。原本越籍員工都有午休的習慣，不管是產線或是辦公室，說睡就睡絕對是他們的特殊技能。工廠原本就因為寄送和倉儲需要有很多紙箱，他們便拆開紙箱當地墊，有些人還準備了毯子，一個個側著或仰著躺在地上隨地而睡，看起來相當舒服。而午休完後，這些「幫助午休的器具」又被收得乾乾淨淨，一個不留，收納的技巧非常高明。

「欸，聽說你的部門又缺人了？」小雞走過來說

「對啊，人資已經很努力幫我撈人了。」我想起每次看到莉欣，她都滿口對我抱怨找不到人，情況已經慘到幾乎連路邊的貓都要抓進來上工了。

「阿財為什麼不做了？」

「他爺爺過世，可能之後會辭職不一定。」

「沒關係啦，反正他也不需要這分薪水。」小雞一派輕鬆地說。

「什麼意思？」

「你不知道嗎？他的正業不是公司的薪水，而是放貸。

上班只是為了交朋友。」

「放貸？」我聽了大吃一驚。

「是啊，大家都知道他上班只是在社交。他家裡很有錢，所以大家都會向他借錢，他的主業是收取利息和賣彩票。」

有那麼一瞬間，我突然明白了，難怪他有大學學歷卻要來工廠工作！難怪他不當藥師卻要來工廠工作！難怪他家住在一郡那帶！難怪他有體面的行頭！

大部分來工廠工作的都是窮苦人。工廠一個月會發兩次薪水，但有些人身懷負債，若是真的無力償還，就只能拜託像阿財這樣的人物來掉頭寸。

星期六——第八日

新聞報紙頭條：外資鞋廠罷工，逮捕兩人停工數天！

早晨週會上，協理不知道從哪裡找到了一副新眼鏡，嚴肅地宣讀了地方媒體對於罷工的報導。

因為數千名員工參加反對「經濟特區法」的示威活動，導致公司多個部門被迫停工。其中四名示威者因為攻擊警方被捕。今日胡志明市警方以「抗拒公務人員罪」逮捕了兩名鞋廠員工，並進行刑事調查。如今他們承認對政府提出的「經濟特區法」草案了解不足，當時隨著起鬨人群即要對警方展開攻擊，已對當初的行為表示後悔。

「總之，感謝各位盡力守護我們的開發中心，總公司也給予我們嘉獎。在所有廠區都淪陷的時候，只有我們沒有受到太多影響，我們品牌堅守崗位，只停了半天和幾個小時的工，所有樣品依然可以如期出貨，不用空運，而這分榮耀都是屬於現場的同仁們。希望大家能夠傳達這個訊息給我們的越南員工，因為他們也都值得鼓勵，沒有受到叛亂分子煽動。總公司對此給予高度肯定，並衷心地表達感謝。」

會議結束後，因為我的部門少了阿財，主管幫我安排了一個新成員。

「你好，我叫阿聰，本名李俊聰。我是從運輸部門來的新人。」我坐在辦公室裡，看著這個皮膚黝黑、戴著黑框眼鏡、身材乾瘦、脖子上袒露一段的鎖骨、穿著簡單的T恤牛仔褲，熱情地跑來跟我打招呼。

「他在隔壁混不下去，自願調過來。」原來小雞對他的情報已經很熟。

「你是華人？中文很好，怎麼學的？」我心裡想，在越南工廠裡，中文像他這麼好且流利的人實在不多，不管有什麼缺點，留在身邊當翻譯，都是不可多得的人才。

「因為我是華人，名字是父母給的，不是公司取的。至於中文，我是邊看電視邊學的。」大概是在其他部門混過，阿聰很自然地和我們聊天，一點都不緊張。

「公司取的名字？胖胖，你的中文名字叫什麼？」我驚訝地轉過頭看著胖胖，我們這夥同事認識這麼久，我卻完全不知道他們有中文名字。

「我的名字是『前十為』呀。」胖胖連寫都不會寫，打開電腦信箱裡的文件給我看，原來他名叫「陳世維」。

「你知道這個名字的意思嗎？」

「不知道啊，只有在公司用，在公司以外的地區不會用上。」胖胖不在意地聳聳肩。

我再轉過去問小雞：「妳是華人吧？名字誰取的？」

「我的名字這麼好聽，當然是我爸媽取的。」小雞嘴角上揚地說。

原來進公司的時候會調查，有華文名字就用華文名字。沒有華文名字，公司會用越文名字翻譯，但是聽說常常隨便翻譯，翻得對或錯也沒人知道。一個人可以沒有英文名字，但一定要有華文名字，以方便台幹進行系統化管理。對於華人來說，名字是父母贈予的禮物，象徵恩賜和祝福，是來到這世界所收到的第一分禮物。而越南員工在公司的中文名字，僅僅是為了工作方便而取的。

罷工結束後的隔一天，異常地平靜，時間也過得特別快，到了下午，胖胖神秘兮兮地跑來找我。

「欸欸，有空嗎？可以請你幫我一個忙嗎？想不想去量產的產線散個步？」胖胖用肥肥的食指遮著香腸嘴唇，小聲地說。

「好啊，不過為什麼？」我一臉懷疑地看著他，心想：「這傢伙，應該不會把我帶去人肉市場賣掉吧？」

「跟我走就對了。」胖胖有誠意地雙手合十，拜託我。

胖胖帶我去量產的產線，這是一棟外觀破舊的大樓，每層樓至少有兩、三條產線，不間斷運作生產的機器聲讓我想起了香港的工廈，我想過以往的香港工廈也是這般熱鬧的光景。我跟著胖胖一層層地爬著樓機，走到四樓，抵達熱壓無車縫的部門。

「你在這裡等一下。」

我傻傻地站在原地，看著胖胖跑去找部門主管，隨即一位中年越南女性走過來，對胖胖很不客氣地大聲講話，卻對著我輕輕地打招呼微笑，胖胖和著她一番討價還價後，這位女士終於收下胖胖的試做材料，跟我說了聲「OK」，然後我便跟著胖胖離開產線。

「謝謝你陪我來，不好意思，外面這麼熱讓你走來。如果你沒有陪我來，剛剛那個阿姨不會這麼容易幫我試做。」胖胖的汗流得像沒關緊的水龍頭一樣。

「所以你是『特別』帶一個『台幹』來幫你？」我好氣又好笑地說。

「是啊，不然要請他們吃東西、送禮物，我薪水這麼少，哪有這麼多錢？」胖胖一臉無奈。

「胖胖為什麼你英文這麼好？」

「我其實之前是上國際學校的大學，因為家裡的關係，只有商業管理肄業。」

「你英文這麼好，應該可以找到歐美公司的工作啊，胡志明市機會應該很多。」

「有朋友介紹幾家公司，但我還是想留在這裡，因為『友情』。我捨不得現在的同事——對了，可以跟你借五十萬盾嗎？我明天要繳房租了，卻還沒有領薪水。」

「好啊。」五十萬盾這對我來說是小錢，但是如果我沒借他，他應該會去找阿財吧。

星期日——第九日

台灣新聞：越南駐台代表在台灣表示暴動並非針對台灣，希望台商能繼續留在越南。

這次示威遊行顯現越南政府與民眾的矛盾，越南政府想要擴大與中國的經濟交流，但民族獨立主義者卻認為領導人正在一點一點將國家賣給中國。鑒於民眾反彈聲浪日趨高漲，抗議罷工頻傳，越南當局終於妥協。政府將國會表決的經濟特區法延後至年底表決。

「沒辦法解決的議題，就把它交給下一個任期的當權者。」這似乎是世界上所有政治集團會使用的萬用招式，給了中國面子，對自家人也有了交代。

越南台灣商會聯合總會會長表示，此次暴動是由小部分破壞分子發起的不理性行為，這純粹是反中情緒所致。由於許多台資企業雇有中國幹部，也可能因此引來攻擊。絕大部分越南民眾對台籍人士持有高度善意，暴動中也有很多越南人提供協助。由於台灣社會對越南暴動深感震驚，越南是台灣第四大投資來源，甚至有台商考慮撤資。

看著手機裡的訊息，天氣似乎又比平時晴朗了許多，到一郡的接駁車依然停駛，雖然罷工已經到一個段落，公司還是希望我們這些外籍員工週日可以待在宿舍裡，比較安全。一路走到餐廳的路上，經過了宿舍游泳池，搖曳的棕梠樹下滿滿的人潮，飛來飛去五彩繽紛的海灘球、充氣天鵝船，加上閃閃發亮濺起的水花，皮膚曬得古銅色的救生員，戴著草帽坐在岸邊。在這個雨季遲來的悶熱盛夏，有小孩的家長們既然沒辦法出廠透透氣，不如把小孩帶來泳池邊消消暑。

到了餐廳，我找了個位子坐下，期待今天會是哪一個有緣人會走來跟我共進早餐？

我看著阿富漫步而來，手裡拿著盛好的飯菜，我對這位有緣人笑了笑。

「昨天收到訊息說政府法令延緩了耶，不然不知道罷工還要罷多久？要是像二〇一四年那樣，又燒又搶，晚上要趕快爬起來穿褲子逃走啊，哈哈哈！開玩笑的啦，這家公司這麼大，不會有事。」阿富把椅子拉開，一屁股坐了進去，熟練地把短一點的腿一把抓進餐桌底下。

「是啊，但今天還是沒有去市區的車子。」

「還去市區？才剛亂完！不准去，我們幾個老人家今天要去釣蝦，你跟我們一起出門，不准自己跑出去，你如果怎麼了，到時候爸媽找來公司，我們怎麼跟他們交代？」阿富又用充滿威嚴、銅鈴般的大眼瞪著我，我總是覺得他雖然身材不高大，但是頗有幾分鍾馗的氣勢，若是有小鬼在一旁出沒，見到他也肯定要退避三分。

「好啦，我跟你們去釣蝦，但是我沒有工具喔。」

「釣具到那邊再租就好了，等下吃完飯半個小時後，我跟其他師傅約在門口集合，一起搭出租車去。」

吃完飯後，我們散步到後門，有位前輩已經在等我們，原來是阿富部門的經理，揹著一個黑色筒狀的袋子，裡面裝滿了釣蝦的專用釣具。經理很照顧後輩，放假時常把大家集合起來吃吃飯、釣釣蝦。這群善良的中年伯伯們幾乎把台灣的生活習慣搬來越南。大家一面聊天，一面坐著車出發前往位於七郡郊區的釣蝦場。一路上，我們沿著六郡走，經過了一間看似台商的工廠，門口除了越南的五色旗之外，還高掛著台灣國旗，這倒是稀奇了，可能是因為外銷美國，青天白日滿地紅旗伴隨著美國國旗一起飄揚。

「話說你們部門的同事老劉怎麼沒來一起釣蝦？」阿富和老劉感情很好，我以為他們假日也會一起出門散心。

「他去五郡了，通常台灣人有台灣人的生活圈，大陸人有大陸的，越南的有越南的，我們週末生活圈不太有交集。一方面生活習慣也不太一樣，收入不同，消費型態也不同。我們又不能給他們知道我們的薪水，公司給台灣人福利比較好，我們要低調一點。」經理來比較久，對於團隊成員各個族群有深厚了解。

「是啊，大陸人假日通常都是去安東市場、五郡、去離工廠不遠的日本超市 Aeon 吹吹冷氣，或是在宿舍休息。

安東市場聽說有很多中國人開的店，買東西吃東西都比較便宜。」阿富補充說明。

「台灣人應該就是去一郡按摩，或是去日本高島百貨和網紅餐廳吃飯了吧，週末的一郡就像是Taiwan Town，胡志民市周邊工廠的台幹都像是被關了一個禮拜的狼狗，一股腦都衝上街去，在街上遇到同事的機率實在是很高。」我身邊的小台幹平時累得、髒得跟狗一樣，在週末假裝一下如夢似幻的中產，禮拜一再回到灰姑娘般的現實生活。

說著說著，車子開到一條沒有柏油路的小徑，兩旁兩列乾瘦的路樹，風一吹，車子一駛過便塵土飛揚。不知不覺到了釣蝦場，釣蝦場看起來像是台灣幾十年前的家庭式土雞城，門口放著老舊的販賣機，上方一個櫸木的大扁額招牌刻著越語，深青色的老派玉石地磚，我們走過一口天井，看到釣蝦水池。我一面租釣竿，一面聽阿富和經理在跟一個矮胖禿頭的男子寒暄，原來這家釣蝦場的老闆是台灣人，沒想到台商在投資其他國家之餘，也把釣蝦這門娛樂帶來發揚光大。寒暄過後，老闆揮揮手，一個越南的小男生背著一籠泰國蝦，走上水池對面中間突起的台階，奮力地把整籠蝦子倒入池子裡，一隻隻藍色的泰國蝦隨著水流被沖到池子各個角落。阿富和經理站在池邊討論著哪個方位是蝦子的游向，便開始測量水深、綁上浮標。我拿著我的釣竿和魚餌在他們身邊坐下。打開魚餌發現是一條條活生生的沙蠶。阿富直接徒手抓了一隻滑溜溜，扭動著數千隻腳的沙蠶，丟到池邊的磁磚上。

「要不要幫你剪？」阿富說著，一邊從包包的口袋拿出一把生鏽的小刀。

「沒關係，我可以自己來。」我接過小刀，一隻沙蠶要分成六、七段，小刀生鏽得很嚴重，與其說沙蠶被切開，不如說是被小刀和磁磚給硬生生磨斷。我想著，畢竟這是個弱肉強食的資本主義世界，犧牲這小小的沙蠶，換取鮮美的肥蝦。我本來就不是吃素的，但看著沙蠶痛苦掙扎，我只希望趕快了結牠，讓牠早死早超生。

沙蠶是一種神奇的生物，就算被剪成很多段，每一段還是不斷地奮力扭動。我把還在扭動的沙蠶塊穩穩地勾在鉤子上，而經理用了他自製的魚餌。我們三個人吆喝了一聲，紛紛把魚餌丟入池中。

「我這個餌啊，可不是普通的餌。」經理挺著啤酒肚，開了一瓶啤酒，倚在螢光綠的塑膠椅子上。「這個餌是台灣傳來的，叫做『老闆的眼淚』，釣蝦的人都知道，因為釣蝦場老闆看到這種餌都會流眼淚，看我一下就裝滿這個籠子給你們看。」

「聽說釣蝦是台灣人發明的？」我晃著手裡的釣竿，想像著沙鱉屍塊悠遊的泳姿。

「是不是台灣人發明的我不知道，但是在我很年輕的時候就有了，當時還不叫『釣蝦』，叫做『挫蝦』，隨便一個杆子綁線，再纏個鉤子就釣了，哪像現在這麼專業。」阿富習慣性地拿起一根菸要抽，但才想起自己已經戒菸，又把菸收回口袋。

「過去因為冷凍技術不好，泰國蝦不好外銷，所以有人乾脆蓋個水塘給大家釣蝦。釣魚常常要跑到很遠的魚池，釣蝦簡單得多，幾個小時就可以拉到一籠，釣完直接烤來吃，配上啤酒，這就是我們台灣人平價的休閒娛樂。」忽然間，釣線被扯住，經理輕輕一甩，一隻帶著靛藍色鮮艷螯腳的泰國蝦被甩出水面，波光粼粼。經理熟練地一把抓著蝦子的軀幹，把鉤子從蝦子口器溫柔地拿出來。

「就算等一下就要吃牠，也還是要好好對待人家。」經理說著，手機這時倏然響起。

他接起手機，對著門口的方向揮揮手。走進來一對男女，男的留著一頭油膩的半長頭髮，戴著粗框眼鏡，小腹微微凸出，是一個三十歲出頭的台幹，攬著一個越南女生，她有著纖細的腰，兩顆胸部卻跟頭一樣大，穿著露肩深Ｖ領粉紅色小可愛加迷你裙，領口沿著胸罩往下開，事業線連接棱形的簍空，大方地露出乳房下緣和小巧的肚臍眼。這麼火辣的身材，可以說上下半球都跟大家見面了。

「我喜歡放假找大家出來熱鬧熱鬧，介紹一下，他是我們另一個工廠園區的台幹阿輝，讓你們小台幹交交朋友，認識一下。」經理幫大家介紹以後，這位台幹其實也沒有想和其他人交際的意思，找了個角落，坐下來和女朋友摸來摸去。女友不時傳來「咯咯咯」像麻雀一樣的笑聲，胸部隨著笑聲波濤起伏，激動的肢體動作讓她手上的手環、項鍊、耳環發出叮叮噹噹的聲音。

「你剛來越南啊？」阿輝終於跟女友玩膩，滑手機的空檔和我禮貌性地打了招呼。

「是啊，女朋友是越南人啊？她會講中文嗎？」我對於這對用心電感應交談的情侶充滿好奇。

「不會啊，才剛認識。」阿輝一派輕鬆，原來是女生在路上和阿輝問路，牽起了這段姻緣。

「那她會講英文？」我心想：「原來不是華人呀！」

「還在學。」

「你會講越南文？」

「不會，但學得比她快，很快就可以溝通了。語言這種東西，口水吃多了就會了，學不會就代表口水吃得不夠多。」阿輝對用這種方式學習語言很有信心。

也許兩個人談感情，可能親親、摸摸、抱抱幾個肢體語言就夠了。仔細聽起來，他和女友溝通還真的像是用一種他們自己的語言一般，既不是中文、英文，也不是越南文。真的不行，也就只好用手機翻譯。可以想像他們若是要約一個地方見面，大概要花上比別人更多時間在人海裡尋找彼此，可能愛情也不需要翻譯吧。

接著兩個小時，我們各釣了幾隻蝦，儀式性地拿起網籠拍照，想當然爾使用了「老闆的眼淚」的經理大獲全勝。結束後我們一群人搭車前往一家台灣人開的小吃店，主要是水餃、珍珠奶茶、芒果冰之類的台灣小吃。到了小吃店，老闆娘是越南人，用不標準的中文熱情地招待我們。經理拿出還活跳跳的蝦子，請她用最簡單的方式把蝦子蒸熟，她也準備了甜甜的台式醬油膏加上芥末，是南台灣最熟悉的吃法。這種「現釣現殺現吃」的做法，完美地結合人類原始的獸性與饜足的快感。我們一邊吃著蝦子和其他台式簡易的菜餚，這幾個歐吉桑聊著在台灣釣蝦場的檸檬蝦、啤酒蝦、麻油蝦，一點都沒有置身於越南的感覺。吃完後，大家打著飽嗝揮手道別，我們搭車回到了宿舍休息，宿舍的椰子樹依然隨風搖曳。

星期一——第十日

《紐約時報》報導：美國公民阮英惟（Will Nguyen）本週在越南抗議活動遭到毆打和逮捕，音訊全無。

32歲的阮英惟是休斯敦當地人，與數十名抗議者參加了胡志明市反對政府計劃允許外國公司在越南經濟特區長期租賃的抗議活動。據阮英惟的家人表示，他的頭部被重擊，被警方帶走時面目全非，還被強行拖入警用卡車中，現在音訊全無，家人也不知道他目前在哪裡，是否有生命危險。這場反抗政府的示威，除了工廠罷工留下雜亂的現場，極權統治之下，抗爭的市井小民也傷痕累累。

星期一的大清早，工廠寧靜如往日，路上工人坐在樹蔭下悠閒地吃著早餐，看著這幅祥和的景象，生活回歸正常，協理一到辦公室就精神振奮地召開了早會。

「大家早安，相信今天大家看到早上的樣子也能猜到，罷工正式結束了。通常一個星期的罷工也算滿長的，這幾天的暴動還算輕微，比起二〇一四年那次，這次就是個小感冒。之前比較嚴重的罷工，都是陸幹被打、台幹被丟蝦醬魚露，滅火器噴得到處都是，廠內被砸得一團亂，員工衝破大門，像喪屍片一樣。」

「這一週的罷工造成其他品牌空運損失嚴重。公司將徹查滋事員工並處罰。總公司表示，越南近年罷工頻傳，造成公司利益大損，且由於人均工資上漲，作為傳統產業，無法承受高成本壓力，因此公司決定不再投資越南，將前往其他國家設廠。以上不需告知越南員工，散會。」

從辦公室走回座位路上，大老遠就看到小雞和胖胖圍著阿聰，加上幾個愛八卦的越南員工，嘰嘰喳喳地聊天。「Miule[註20]你快來，阿聰他叫你Miu媽！」小雞看到我便故意說道。

「Miu什麼鬼？」

「阿聰叫你媽，很親密吧！」小雞一臉巴不得滋生事端的表情。

「不是啦，在越南我們會叫主管爸爸或媽媽，像是我之前的主管就是我舊的爸爸，你就是我的新媽媽啊。」阿聰一邊臉紅一邊解釋。

「嗯，但是你這樣叫我好不習慣，我不想年紀這麼小當媽，還是叫我名字就好了。」我聽到「媽」這個字，不自覺地打了個冷顫。

越南報紙：最大外資鞋廠罷工，調查結果預計開除四千人！

大型製鞋公司在越南胡志明市的工業區上週傳出大規模罷工，造成公司停工、產線大亂，部分機械器材遭到破壞，公司表示將處罰相關人員。有員工指出，部分罷工暴徒為廠外人士，收買了大約百人進行煽動。這些被煽動的員工原本對公司已有許多不滿，因此在外界的影響下，進行了這次的暴動。除了胡志明市總部外，加上所有其他地區工廠，預計共有四千人被開除。

「你們快來看！聽說總公司調監視器出來，打算把所有滋事分子一個一個抓出來。」胖胖偷滑著手機看著員工之間瘋傳的新聞。

剛從其他部門回來的小雞也說道：「今天一早，人資辦公室擠了一堆人，許多年紀大的產線員工跑去和人資哭求，一把鼻涕一把眼淚地，拜託公司不要處罰他們，說他們不是故意的，只是跟著其他人一起走，不知道怎麼會這樣？如果被辭退家裡就完蛋了，有小孩又有父母，怪可憐的。」

罷工平息後，一切回歸正常，產線重新開啟。捱過了一週超過三十六度以上的高溫，下午開始烏雲靉靆，雷聲回蕩。阿聰第一個跑到窗邊，接著跟進的是小雞、胖胖和我。我們手扶著窗台，像孩子般望著天空。

突然間，泥造的窗台出現一粒雨滴，短短一分鐘內，豆大般地暴雨伴隨著雷聲大作，遠方還有閃電助陣。突然一道閃電正好打在我們樓頂的避雷針上，把我們驚得跳起來，隨後大雨傾瀉而下，我們開心地歡呼！

窗景瞬間因為暴雨變得朦朧，屋簷的排水管像瀑布一樣傾瀉，更多的雨水來不及從排水管洩洪，直接從屋簷溢出，連對面的大樓都快看不見了。而暴雨也讓燥熱瞬間降溫，隨著沁涼的風，高分貝的雨聲掩蓋了一切聲音，創造出一種特殊的寧靜，暴雨讓人忘記夏日炎炎如壓力鍋般燠熱難耐的氣氛。

//

註1　名詞起源於中國，因外國遊客見到北京有些中年男子會捲上衣，露出肚子或胸膛，被遊客戲稱為「北京比基尼」。

註2　妙黎（Miu Lê）是一位著名的越南歌手，音樂風格主要是流行音樂和抒情歌曲。

註3　工廠因為怕員工偷偷夾帶商品出廠，因此會準備一張文件稱為放行條，需要給主管簽名才能夠將鞋子或器材帶出工廠。

註4　因為時間緊迫，無法使用陸運、海運等其他運輸方式，而採用快速的航空運輸方式來加快送達時間，但相對的運輸費用也會較高。

註5　Bob Marley（1945-1981）是一位牙買加籍的音樂家、歌手、詞曲作家，雷鬼音樂的代表人物之一。

註6　在海外，當地助理都被稱「小朋友」，即便年紀比台幹大，還是被台幹叫「小朋友」。

註7　ū-iánn 台語，才是對的。

註8　胡志明市曾經被稱為西貢，因為在越南戰爭期間，西貢是南越政府和美軍的指揮中心。一些越南人仍然習慣稱呼胡志明市為西貢，可能是因為這些人在越南戰爭期間生活在南越。此外，西貢這個名字在歷史上有著特殊的意義，代表了越南的獨立和抵抗精神，因此一些人仍然堅持使用這個名字。不過，大多數越南人已經習慣使用胡志明市這個名字。

註9　紅教堂（Notre-Dame Cathedral Basilica of Saigon），又稱西貢聖母聖殿主教座堂，全名為「聖母無原罪聖殿主教座堂」，暱稱為「紅教堂」。

註10　阮惠街行人廣場 （Nguyễn Huệ Walking Street），可稱為胡志明市最繁華的街道，以胡志明市人民委員會大廳為起頭、金融塔與渡輪碼頭為終點，馬路中央是座大型廣場，沿途現代大樓與老派建築併肩。

註11　黃文秋公園 （Hoàng Văn Thụ Park），位於胡志明市的一座公眾公

園，在新山國際機場以南。

註12　「狼人殺」是一種社交推理遊戲。在工廠裡禁止使用智慧型手機，無聊的時候只能在位子發呆，不如找點遊戲來打發時間，這個遊戲可以多人一起玩，十分受歡迎。

註13　CSR，企業社會責任（Corporate Social Responsibility）的縮寫，CSR包括企業對利益相關者的責任，如員工、消費者、供應商、投資者、社區和環境等。企業應確保公正待遇和安全工作環境，保護消費者權益和提供高品質產品和服務，保護環境和履行社會責任。

註14　越南不是母系社會，但台幹以訛傳訛，語言不通又無法查證，形成越南女生都很強悍，男人都比較懶散的刻板印象。又是一個經典的「外族想像」。

註15　S.W.A.T.是一個英文縮寫，全名為“Special Weapons and Tactics”，中文譯作「特種武器和戰術」。S.W.A.T.通常由警察、軍隊或其他執法部門所組成，在美國相當知名，在世界各地也有類似的特種部隊組織。

註16　停止生產，等待原料，人員與設備空耗。可能原因有供應鏈中斷，或是設備故障。而「停工待料假」，若問題在於雇主，公司依舊需要支付員工薪水或提供其他形式補償。但在這裡雇主也是受害者，表示特別網開一面，不和員工計較，只希望趕快結束罷工，恢復生產。

註17　越南勞動總聯合會（Tổng Liên đoàn Lao động Việt Nam）是越南的唯一合法和官方勞工組織，代表越南的工會運動和勞工利益，是越南共產黨領導下的國家機構之一。

註18　工團是在中國「工會」的説法，越南華人通常使用大陸用語，因此也稱工會為工團。在台灣的勞資文化中，工會與勞方通常關係密切，與雇主立場對立。然而，在越南工廠中，工團是管理者的夥伴，能協助雇主管理員工，減少管理難度。簽署集體勞動協議時，工團在談判中

扮演重要角色，有些條款需要全廠勞工同意，而透過工團組織化地協商會更為便利。

註19　楦頭是一種用於製作鞋子的模板或框架，通常由木頭或塑膠製成。它的形狀和尺寸與所要製作的鞋子相對應，可以用來定型和保持鞋子的形狀。

註20　妙黎的越南文。

第三章

十愛——愛戀、貪欲、歡愉

CHƯƠNG TRÌNH VĂN NGHỆ

迷走颱風

//

越南的雨季常是熱帶氣流猛烈發威一陣陣地下，通常是熱帶高壓帶來的午後雷陣雨，但這次卻連續下了好幾天。外頭的天氣時而小雨，又忽然漸大，低窪處已經開始淹水。我看著窗外的雨，想起一個台灣播報氣象的甜美主播最常掛在嘴邊的一句話：「天氣不好，但你的心情卻不可以不好喔！」於是，我穿上雨衣和拖鞋，踩過地上的水坑朝餐廳前進。

走進台幹餐廳，早餐依然豐盛。阿姨站在熱滋滋的鐵板前為每個人煎荷包蛋，還可以指定全熟或太陽蛋，和台灣的早餐店一模一樣。其他的食物有中式的粥、南台灣的碗粿、爌肉刈包、西式吐司、果醬、培根和沙拉，應有盡有，完全沒有身在異地的感覺，綜合中西式餐點，甚至吃得比在台灣還好。如果這些食物都不喜歡，還有煮麵機，旁邊放著越南河粉和蔬菜，可以自己煮來吃。我左看右看，可能因為天氣的關係，來吃飯的人少了一半。沒看到莉欣和阿富，他們可能已經在自己的房間隨便吃吃便直接上工了。

我拿了早餐，泡了紅茶加鮮奶，看著電視報導台灣的新聞。即使在胡志明市，台灣人依然關注著台灣的大小事件，和其他台幹聊著時事，廠區的生活和在台灣沒有什麼差別。對於越南新聞和時事，如果聽過一些越南當紅的明星名字，就已經算不錯了。

「各位觀眾早安，今天天氣晴朗。今年第二十四號颱風已經解除颱風警報，並且從菲律賓朝著越南移動。看到今天的衛星雲圖，這個結構紮實的氣旋就是天兔颱風，可以看到天兔颱風的中心位置已經遠離預測的台灣路線，想必大家都鬆了一口氣。而這個氣旋也帶走了附近的雲雨，台灣將出現三十七度以上的高溫，出門上班的民眾要記得防曬和補充水分喔！」電視上穿著粉色荷葉邊短裙的台灣主播舉手示意，接著播報各地溫度預測。

新聞報導給人一種有趣的錯覺，播報其實是有地域性的，不管是主播用字遣詞，或是新聞立場，都不盡相同。台幹餐廳裡看新聞，容易產生還在台灣的錯覺，或是慰藉旅人離家鄉沒有這麼遙遠。電視裡的台灣氣象正播報著颱風遠離台灣的新聞，但這個颱風其實正朝著越南全速前進。我讀著駐越南台北經濟文化辦事處發出給海外台灣人的警示簡訊：

天兔颱風預計今晚登陸越南中部以南沿海，將帶來強風暴雨，各省市正在積極防颱，發佈海上颱風警報，禁止船隻出海並通知海上船隻趕往安全海域躲避，預防水災並及提出疏散民眾到安全地區。若旅外國國人遇到緊急狀況，敬請隨時與我們聯繫，以便提供必要協助。

緊急聯絡電話：+84-913-219986（境外撥打）、0913-219986（境內直撥）

吃完飯，我往辦公室的路上已經開始淺淺地積水，水深至我趿著夾腳拖的腳踝。聽說我們的辦公室因為地層下陷容易淹水。這座廠房自新建至今已經超過了二十多年。最初，公司是以「造鎮」的規模來建廠，可以說是胡志明市著名的廠區。除了工廠，其他供應商為了配合我們的需求也在廠區附近建廠，或者是和我們公司興建合資廠。這片廠房的面積非常大，從進門就可以看到一座屬於廠區內部使用的診所，可以進行簡單的醫療檢查，駐廠醫生也可以開一些感冒藥，並在發生工傷時進行緊急的急救。轉個彎可以看到兩部消防車，原來公司也擁有自己的消防隊，聽說還訓練有素，鄰里需要救火時，公司消防隊也會出動幫忙。據說我們的辦公室是造鎮時最早新建的建築，由於當時並沒有相關的營建法令，因此這座廠房竟然連地基都沒有打，因為大雨土質鬆軟，地上建築體不斷下陷，地板龜裂，牆壁上出現超過手指粗的裂痕，地上的磁磚時不時會爆裂開來。

工廠設立其實是流動且暫時的，它會隨著國家情勢、經濟興衰而移動，就像蜂巢聚落會隨時遷移一樣。蜜蜂可以在非常短的時間內建造出一個巨大的蜂巢，並在其中生產蜂蜜、孵化蜂卵、照顧幼蜂，完成整個社群的生命週期，這是工廠最好的比喻。當工資上漲、政府開始監控污染排放時，工廠就準備要解散了。這時，工廠會拔除煙囪，吐放蒸汽，解雇多餘的員工，拍拍身上的灰塵，繼續前往下一個勞工充足的國家。因此，工廠必須有自己的營建工程部門，不僅負責建造，也負責調整內部設備，教導當地工人相關建廠技術。除了興建工廠部門外，在印尼等一類偏遠地區，公司甚至新建了自己的火力發電廠；在中國大陸，公司也擁有水壩發電。工廠非常依賴用電和用水，量大而不可或缺，一旦斷電或斷水，就得停工，而停工代表著虧損。在越南，公司還擁有自己的淨水廠，生產公司品牌的礦泉水。各個準備好被開發的國家為了發展經濟，創造就業機會，通常會提供各式土地和天然資源等優惠給跨國企業。對跨國資本家來說，這些資源就像自助餐一樣，可以任意挑選。而勞工就如俎上之肉，有一天可能他們的薪水將會跟不上經濟起飛帶來的物價飛漲，工廠更有可能一夕之間，因為遷廠而人去樓空。

進入辦公室，老遠就看到位子附近擠了一群人，小雞揮手叫我過去，胖胖則將肥短的手指放在嘟起的嘴上，示意我小聲近觀，這些「好同事」們就像摩西一樣自動分開讓了條路給我。當我走進一看，看到阿聰用繪圖軟體畫了支塗鴉風格的陰莖，非常無聊卻又頗有創意。

「阿聰啊，你在畫什麼呢？」我突然間出聲，阿聰嚇得從椅子上跳起來。

「沒有！沒有！我在畫恐龍！」阿聰一邊說一邊亂按滑鼠，試著把視窗關掉，連存檔都沒存。

我忍住笑意：「哪一種恐龍脖子旁邊有兩顆圓圓的東西？」

「是他們叫我加的。」阿聰指著胖胖和小雞，這兩位好同事立刻擺出若無其事的樣子。

「胖子還下載了網路上找到的3D的裸女，看阿聰能不能開來看看。」小雞立刻背叛胖胖。

在大家吵鬧之際，一陣雷聲大作，正好一道雷就劈在我們的建築屋頂上。攀著窗台朝外看，比起其他建築，地層下陷的我們，水已經快要淹過大門的階梯了。過不了多久，天花板開始漏水，原來是旁邊的出水口，由於風力太大，雨水反而被沖了回來。越南的同事們趕忙搬開電腦，在地上放水桶，讓水流到桶裡。

「這個雨下得好像有點久，是因為颱風嗎？」回想起來，自從來到越南，我好像還沒看過持續性的大雨。

「是啊，我們南越很少有颱風，平均十幾二十年才來一個，你很幸運能遇到喔。」小雞笑著說。

「欸！樓下廁所噴屎啦！」忽然間聽到一陣起哄，胖胖叫我們過去看。

門口水溝太多垃圾堵塞出水口，污水無法排出，甚至產生了回流。這幾個人開心地跑到樓下玩水，也叫我跳下去一起打水仗，當我還在猶豫之時。

「小雞，妳旁邊那個咖啡色的東西是什麼？」我遠遠地瞇著眼睛希望能看清楚。

「靠！是蟑螂！他媽的走開！」小雞此時已經往回辦公室衝過來，但帶動的水花將蟑螂更推進自己。

胖胖看著小雞，抱著肚子大笑，笑著笑著旁邊忽然飄來一條疑似人的糞便，形狀清晰可見。這會兒換胖胖邊跑邊大叫，努力地逃離這個條狀物，邊游邊跳著跑回來。而我們其他人則在屋簷下笑得前仰後合。胖胖和小雞梳洗完畢後，回來乖乖上班，下班前胖胖還塞錢給我，說「發工資了，還你錢。」接著歡呼說要帶女朋友去吃晚飯。

禮拜五從郊區到一郡通常都會塞車，我好不容易穿過越南人下班的機車車陣，叫到了一台出租車。因為我不諳越南話，我讓門口的保全跟司機說了目的地，上車後，中年司機對著我用越南文抱怨了幾句，我擠出我會說的少數越南話：「không hiểu，聽不懂」。

司機看著我的臉，滿臉疑惑地說：「小姐你是台灣人？你要說你是台灣人，否則其他越南人會不懂你為什麼聽不懂越南文？」

「原來如此啊，大哥你的中文很好。」

「是嗎？謝謝，我還會講台語，我的爺爺是台灣人。」

「你爺爺是台灣人嗎？怎麼會來？」我心想難怪他的中文不太標準，但有點台灣腔調。

「跟著國民黨來的，還有一些親戚在台灣，所以我有去過台灣喔。」接著司機大哥還和我從北到南地數了一圈他到過的地名。

「這裡長大的台灣華人多嗎？」

「越來越少啦，都是大陸人來投資。我平時也不是在跑車，這只是興趣，可以跟像你這樣的小姐聊天。之前我主要是仲介外資來買工廠土地，這個滿好賺的，但是漸漸開始幫大陸人接洽，他們信用不太好，我沒了工作，就來跑車啦。」

說著說著，司機大哥放了幾首台灣歌曲給我聽。車子因為雨勢走走停停，窗外機車騎士穿著雨衣，但依然很狼狽。機車車燈加上街上招牌的霓虹燈，打在車窗滑落的雨水上，五彩繽紛。加上車內氤氳的水氣，令人漸漸地放鬆下來。

「看這個態勢，又是從五郡開始淹水，開始淹水就又開始塞車，太爛的車子又要拋錨了。」司機大哥嘆了一口氣，開始抱怨塞車的鬱悶。

「胡志明市的排水系統怎麼會設計的這麼不良？排水溝裡面的水都排不掉？」

「路邊的排水溝有些下面是沒有埋水管的，所以一下雨當然只能積水啦！」我不太確定這是不是玩笑話，但這麼多垃圾淤積，也造成排水系統沉重的負擔。

好不容易開過堵塞的五郡，在淹水的區域車子得要保持一定速度才不會熄火，我們終於成功地進入市區，路邊已經開始看到機車拋錨的民眾，牽著車子慢慢移動。到達了目的地，雨倒是停了，天邊的夕陽旁，浮現一道美麗的彩虹。

跳舞吧！派對咖！

//

「你在哪裡？我快到了。等我一下，我不要一個人上去。」Dean傳來簡訊，簡訊用字斷斷續續地，我猜他是在Grab[註1]機車後座，趁著等紅燈時打字，也可能差點被狂野的機車司機甩下車。

我在胡志明市有兩個最好的玩伴，Dean和Sophia。Dean是一位剛過四十歲生日的澳洲IT工程師，屬於那類典型著迷於亞洲文化的白人，對電子音樂假裝很了解，去派對可以暫時忘記世俗的煩惱。Dean沒有帥氣的古銅膚色，雖然來亞洲一年了，但皮膚仍然雪白得發亮，在酒吧陰暗的燈光下相當顯眼，倒像是有在輕度健身的比爾蓋茲。他曾在台北故宮旅遊時看到一種瓷器的顏色被稱為「甜白」，覺得這個顏色形容最貼切，因為他不僅外貌白皙，個性也甜美可愛。

生活在澳洲的Dean只是個平凡人，一點也不特別，於是來東南亞逃避現實，薪水剛好付得起生活費。兩年前，他還清了澳洲布里斯本公寓的貸款，上網看到幾位遠端工作者的部落格後，決定也要找一個便宜的地方過上輕鬆的半退休生活，於是毅然離開澳洲，來到越南。在亞洲，他受到溫暖地接待，尤其是亞洲女性。在越南，白人是多麼特別啊！他們是高收入的象徵，即使是陌生人也會因為問路而成為朋友。他認真參加英文教師的培訓課程，並拿到了教學證書。教英文成為了他的收入來源，而他的目標是從事IT遠端工作的Free Case，還要當一位令人稱羨的網紅。目前，雖然還沒有接到IT工作，但他已經開始在社群媒體上分享自己的照片，讓那些每天抱怨卻又繼續當社畜的同事們對於他與眾不同的新生活豔羨不已。

「抱歉遲到了。」打老遠我就看到一個矮小瘦弱的司機，載著一個比自己高一個頭的白人，Dean朝著我熱烈地揮了手，司機的機車被他的動作震得歪了一下。我心想果然不愧是越南司機的技術，什麼貨物都能載，就像螞蟻能夠搬運自己體重百倍的物體。司機安穩地在我面前停下，Dean脫下安全帽和雨衣還給司機，濕漉漉的手毛像出水的水草，禮貌地對司機說聲：「Cảm ơn（謝謝）！」

週末狂歡的魔幻時刻才正要開始，路邊大型垃圾桶已經溢出垃圾，雨後污水沿著雨水流到地上，整條路都充滿了食物腐臭的味道。我小心翼翼地踏著每一步，盯著地上破損的地磚，不想踩到腌臢的水窪。

忽然，Dean 大叫一聲，原來他踩到一片破碎的地磚，底下的積水噴了出來。他一邊罵著髒話一邊碎唸：「我為這種地磚取了新名字，叫『Juicy tile』，是西貢專屬的特產！」

我們經過范五老街，即使下著大雨，觀光客的熱情也沒有減退。俱樂部裡播放著低俗的電子重拍音樂，鋼管舞小姐和妓女們也沒有因為大雨而鬆懈。我們經過一家酒吧，看到一個染著金色短髮、身材嬌小的女孩，穿著白 T-shirt 和牛仔短裙，臉朝下趴在撞球檯上，手拿著一顆跟自己上半身一樣大的笑氣氣球，一動也不動。想必是吸太多了，雖然已經服用過量，但她仍然捏著氣球的氣孔，不讓笑氣外洩掉。走著走著，Dean 看到路邊的一個小販，是一位中年婦人，她的店面是一只有幾根支架撐起來的黑色皮箱。皮箱裡放了滿滿的的保險套和香菸，這些產品的包裝都被太陽曬到褪色，宛如大聲地宣揚這裡還有其他「好東西」。Dean 左顧右盼了一會兒，叫我到馬路的對面等著。他撐著傘在大雨中和婦人比手畫腳地溝通，企圖想弄點大麻，不過卻兩手空空地走回來。

Dean交涉失敗後，我們便走到一家墨西哥餐廳，不久後，五個外國人在我們隔壁桌坐了下來。其中一人看起來像在越南待了很長時間，其他四人則是朋友或旅客，穿著夏威夷衫和白色短褲。其中有一兩人的手臂上有雅痞式的刺青，留著八字鬍，戴著螢光色的太陽眼鏡。他們點了滿桌的菜，大聲操著英文舉起啤酒杯吆喝喧嘩。

不久之後，一個彷彿孩童般的身影出現在他們旁邊，近看才發現這名女孩其實是一位三十幾歲、髮色灰白的唐氏症患者。她留著耳下長度的短髮，穿著碎花裙和夾腳拖鞋。地上泥濘濺在她的小腿上，她的外表和說話的聲音都像可愛的孩子。她手中拿著一大本彩券，在路上的酒吧和咖啡店兜售。屋簷上的雨水滴答滴答地滑落到她的短髮上。看到這群高大的外國人，她蹦蹦跳跳地走到他們面前。

「妳好啊！小可愛！」五位男士已經喝得酒酣耳熱，其中一個親切地說。

接著這位女士一股腦地撲向這位白人，嚇得他急忙把她推開，舉起雙手連忙說不。

「不要害怕，她不會吃了你，她只是想要抱抱，對吧？」另一位看起來經驗老道的仁兄說完，招招手要這位女士到他旁邊。

接著她不但跑到他旁邊，還爬上大腿，喜孜孜地用雙手環繞他的脖子。男子朝著她臉頰親了一下，女士便坐在他的腿上，搖著雙腳，跟著一起聊天，看起來很開心能加入這歡愉的氣氛。

剛好店員送餐走過來，我抓著店員問：「這個女孩是誰？」

「她？附近賣彩券的，有一點弱智，好像是孤兒，很喜歡外國人，有時候會跟他們睡覺。」

「在越南的社會裡，窮人多的跟空氣一樣，應該只有這些觀光客會關心她。」Dean一邊喝著啤酒一邊說。

「她可能只是想要得到一點愛。」我說著，不由得感到幾分心酸。

接著，這桌的外國人開始起哄。

「我打賭五十英鎊，敢不敢去？」其中一個醉漢發狠勁拍了一下桌子，濺了一桌面的酒。

「老兄，你輸定了。」

說完，後者抱起這位唐氏症女士走到餐廳的簡易廁所。一路上這位女士臉上還洋溢著幸福的微笑，躺在毛茸茸的胸膛上，接著關上了門。

「天啊！他真的這麼做了？！」其他人叼著菸，一邊尷尬地笑。

我試著不去看這群已經失去人性的妖魔鬼怪。

「這裡是范五老街，大家都是出來討生活的。」Dean安慰著我：「Sophia說她快到了！」

「通常Sofi的遲到都是一個半小時起跳，我們先去店裡等吧。」我拿出手機叫出租車，希望能快點離開這裡。

「天文台」是我們最喜歡去的酒吧，位於商辦大樓頂樓，有一座半露天舞池和一間暗房，大多數客人來自歐美，像是有別於西貢的另一個星球。老闆是越南和瑞士混血兒，品味極佳，有時也會自己擔任DJ。站在酒吧的頂樓，欣賞西貢的夜景，幾盆南方風情的鐵樹類植物圍繞四周、旋轉的彩色迪斯可燈光投射在水泥牆上，徐徐的晚風加上浩室（House）音樂輕快的節奏，讓我暫時忘記置身於這個悲慘的世界。

兩個小時後，Sophia終於出現了。她穿著橘色的坦克背心和即將看到屁股蛋的熱褲，金色的夾腳涼鞋、微捲的短髮和小麥色的皮膚，完全是歐美人心中的尤物。儘管她已經三十六歲，但仍有著一張娃娃臉。Sophia男友的平均年齡是二十七歲。她甜美的笑容背後藏著狂野和放蕩不拘，一個晚上喝掉四杯啤酒、兩杯shot、一杯雞尾酒的分量對她來說正常不過。她通常呼吸的不是空氣，而是香菸或大麻。神奇的造物主似乎在她身上裝了高功能的過濾和排毒系統，一百五十五公分的嬌小身材奇蹟般地承受並消化得住這麼濃度劑量的酒精和毒品。

「嗨！抱歉遲到了！禮拜六嘛！！！」Sophia一過保全守衛的檢查後，立刻大喊著朝我們奔來。

「妳住得最近，還最慢到——算了——三劍客終於到齊了！乾杯！」Dean開心地舉杯。

「什麼三劍客，我覺得三姐妹還差不多，豬根本是閨蜜來著。」Sophia小聲地用中文跟我說。

「豬」是我們私下提及Dean的代號，因為「豬」的台語就是「D」。每次看著Dean天真無邪的表情，以及跟隨音樂擺動的宅男舞姿，如同典型西方資本主義養出來的小豬，這個綽號真的很貼切。隨著夜色愈深，人潮愈來愈多，露天舞池中擺動著許多雅痞少年和身材火辣的女孩的青春身軀，彼此互送秋波、情不自禁地接吻。頂樓清涼的夜風吹拂著我們這群派對子民，樹影隨風搖曳，營造出輕盈自由的氛圍。

「Sophia，妳有帶嗎？」Dean問。

「有啊，你還欠我錢耶。」Sophia從包包裡拿出一袋大麻。

「我知道啦！我沒有忘記，來，給妳錢。」Dean開心地打開小袋子聞了一下，露出飛上天堂的表情，眼睛都瞇成一條線了。接著拿出研磨器和菸紙，進行他最喜歡的手工藝製作。

「原來豬的藥頭是妳。」

「他自己不敢去買啊，每次都要我幫忙帶，我想說就順便，反正我也是要跟藥頭拿——話說，最初還是我帶著豬抽的，不知道是不是帶壞了他，原本他剛到越南的時候是個單純的孩子，沒想到澳洲這麼多他都沒抽過，卻是到了越南才抽上頭了！哈哈！」

Dean抽出菸紙，用那不太靈光又白得反光的手指捲起來，深吸了一口氣，一口氣將菸紙邊緣舔好，然後雙手並用地把菸捲起來，露出像小豬一樣純真的微笑，彷彿在炫耀他捲大麻菸的技巧一般。

「我真是捲菸的天才，多麼美的一支菸？是吧？Sofi妹？」Dean喜孜孜地遞上菸，像隻等待獎勵的馬爾濟斯犬，搖著隱形的尾巴。

「嗯，你很棒，越捲越好了。」說完，Sophia混雜著國台語、對我低聲說：「怎麼捲得這麼歪勾起藪？這要怎麼抽？中間還整整空了一段耶！抽到一半就會熄掉了啦！」

Dean興奮地拿起打火機點燃捲好的大麻，迫不及待先吸了一口：「來，Sofi妹，多虧了妳，我們才有得享受，妳先來吧！」Dean恭敬地雙手把菸遞了過去，就像是請菸給尊貴的啟蒙老師。

「當然啦！我值得！」Sofi接過菸大吸了一口，仰天吐出的煙霧，幻化成一朵自由的雲絮。

Dean最喜歡和我們在週末閒晃，雖然每天都過得像週末一樣，但和我們在一起，讓他覺得自己很酷，彌補了過去的自卑。現在的他可以很雅痞地抽著大麻，身邊還有兩個可愛的女生。

「越南大麻真的很便宜，一公克只要五十萬，根本是台灣價格的三分之一，應該是因為都是從柬埔寨進口的，產地就在旁邊。」Sophia拿起手提包說道：「我們去跳舞吧！這有迷幻蘑菇嗎？」Sophia撈著我往舞池衝。音樂換成了輕快的加勒比海風格，一個甩著半長金髮的肌肉男，穿著重訓背心，年約二十五歲，古銅色的二頭肌被燈光打得發亮，光影對比更襯托出肌肉性感的線條，一看就是Sophia的菜，我們推了推Sophia。「好啦！」Sophia害羞地說，當然不是故作嬌羞的那一種，但她泰然自若地舞動到了那肌肉男身旁，他注意到她，笑著輕輕摟上Sofi的小蠻腰，兩個人隨著音樂慢舞。

「不公平！今天的男生也太多了，這裡根本是妳們女生的香腸派對。」Dean忍不住吃起味來。

我橫掃一眼，果然今晚是這家夜店的盛況，擠滿了來自世界各地的年輕男女，環肥燕瘦應有盡有，而女生確實比較少。轉頭看到一臉宅男模樣的Dean，雖然帶著善良的笑容，但相比之下，僅僅是一盤供人果腹的小菜。

為了擺脫Dean無止境地碎碎唸，我走去買了一個氣球，讓我的耳朵得以稍微放鬆，同時也幫Dean帶了一杯啤酒回來，打算讓他醉一點，可能會安靜些。

「要不要去暗房裡面轉轉？我喜歡現在放的DJ，是德國人喔，前幾天就看到他們在網站上的廣告……」Dean話還沒說完，我立刻拎起包包：「走吧！跳舞吧！！」

我們穿過人群，推開隔音門，低頻節奏從舞池中央傳來，撞擊著心臟的節拍。房間內只有幾盞Disco燈，投射出五彩斑斕的光點，照在牆上和跳舞的人臉上。DJ兩手忙碌著，嘴上還叼著一顆氣球。人們拿著酒杯隨著音樂擺動，不時地歡呼鼓掌。時不時還看到幾個紅色的光點在黑暗中發亮，接著聞到熟悉的大麻味，我們回到了屬於靈魂的快樂之地，這裡是一個不分種族性別的烏托邦。

「上班還好嗎？」Dean開始跳著自創的奇怪舞步，這總是能逗得我哈哈大笑。

「還好啊，我的助理今天上班用3D軟體畫了一支陰莖。」我吸吐了幾下氣球才抬起頭來回話。

「哇！好前衛的助理！」Dean把手上的啤酒遞給我。

「對啊，他說畫的是恐龍。哪有恐龍的脖子上有兩顆蛋蛋的？」我喝了一口啤酒。

「哈哈哈！這麼有創意！搞不好真的是畫恐龍啊！因為睪丸沒有骨頭，化石只會留下骨骸，蛋蛋長在脖子上搞不好是最原始的恐龍喔！只是我們不知道而已，哈哈哈！」

隨著音樂越來越大聲，我的大腦充斥著笑氣、大麻和酒精的混合物，脖子開始控制不住頭顱，世界猛烈旋轉，每拍節奏都重擊著我的後腦勺，我找不到腳踝與膝蓋的支撐點，差點摔倒在Dean身上，但身體卻輕盈並且自由。

「你用太多了，休息一下。」Dean一把把我撈起來。

「我去一下廁所。」我搖搖晃晃地往廁所走去。

一進去廁所，正好撞見一對男女從裡面出來，這是個好兆頭，代表廁所還是乾淨的，乾淨到還可以做愛。我走進這間激情過後的浴廁，殘留著費洛蒙的氣味，低頭一看，地上放著一張嶄新的兩千越盾紙鈔，捲成一個管狀。這時我明白，皮夾裡放著一些乾淨的新鈔是多麼務實的準備，平時可以花，需要毒品的時候也可以使用它。這讓我想起，聽說在西班牙，小面值的歐元百分之九十四都曾經沾過古柯鹼，胡志明市的應該也沒差到哪去吧！

上完廁所後，我不受控制地高速思考，某個男生把我帶到了暗房裡的沙發上，這時我才發現自己差點昏倒在他身上，不時有男生過來跟我說話，直到Dean出現。

「你也去太久了，差點嚇死我啦！」Dean將我的胳膊擱在肩上，邊拖著我穿越人群邊問：「你有看到Sophia嗎？」

我睜眼就看到Sophia正在和一個黑鬍子的男人熱吻，她嬌小的身軀已經融入這個高大男人的懷抱中。我用盡最後的力氣指向他們，然後就失去了意識。Dean拖著我擠到他們旁邊，不好意思地拍拍Sophia，兩人都驚了一下，害羞地擦擦嘴巴。Sophia也喝了五、六杯酒，抽了幾根大麻，但她的意識非常清醒，對著Dean瞇起眼睛咧嘴笑了一下，雙手環繞著那位大鬍子，一點也不想離開那個溫暖的擁抱。

「他怎麼啦？醉啦？」Sophia看著昏死的我說。

Dean 無奈地指指我，聳聳肩：「他不行了，我先帶他走。妳自己注意安全。」

「我老江湖了，你還擔心我啊？」Sophia 頑皮地咧嘴一笑，揮揮手把Dean趕走。

「妳是我見過最狂野的女生，我是擔心妳的男伴。」Dean 對著大鬍子說：「我的朋友就麻煩你了。」和大鬍子禮貌地握手後，Dean扛著鏘掉的我朝出口走去。

隔天，我張開眼睛，發現自己在一間幽暗的公寓裡，窗外正下著暴雨。我從沙發上坐起來，頓時頭痛欲裂，下意識地用手將幾乎爆炸的太陽穴緊緊地壓回去。此時，房間裡傳來有人說話的聲音，打開門一看，發現Dean正對著電腦透過網路教英語課。房間中的某個角落佈置得像真的教室一樣，背後的牆上貼著英文字母的海報，電腦旁邊還有道具布偶。他上半身穿著整整齊齊的西裝，下半身只穿了件內褲。不知情的中國孩子們看到這個場景，他們可能會以為老師真的在澳洲的雪梨或墨爾本給他們上課，但事實上桌子上還放著一盒吃了一半的越南春卷。Dean看到我，揮揮手叫我不要打擾他。

「昨天你快把我嚇死了。」Dean上完課後走到廚房幫我倒了杯水。

「喔，昨晚看到Sofi後我就沒有印象了。」

「我差點以為我把你殺死了，你看起來真的很不好。我當時希望謀殺的對象是Sophia，畢竟她百毒不侵。」Dean喝了一口水。「我昨天回來的路上在想，是不是該送你去醫院？但是你知道，大麻在這裡是不合法的，如果驗出來我就完蛋了。」

我看著外面的雨，大得像瀑布一樣。儘管Dean努力地把窗戶都關緊，但強風還是從窗框的縫隙夾帶著雨水噴進來，只好在地上鋪了幾塊抹布和報紙。

「要不要吃澳洲特產美食？現在的天氣大概店都關了，話說，下次天氣好的時候你要再陪我走一次我家前面的巷子，而且要是開開心心的表情。」Dean 一邊拿起穀片一邊說。

「為什麼？」我喝了口溫水，感覺解體的大腦開始重組起來。

「昨天我所有鄰居都看到我抬了一個看起來喝醉酒的女生回來，他們一定認為我是趁人之危的白垃圾，你必須要幫我洗白才對啊。」

「好啦！沒問題啦！」我轉頭看著窗外的傾盆大雨，心裡想著等雨小一點再回家。我撥了幾通電話給 Sophia，都沒有人接聽，不禁擔心了起來。

「怎麼啦？剛睡醒，頭好痛，喝太多了。」過了幾個小時後Sophia才傳來簡訊。

「沒事啊，擔心妳被賣了。」收到 Sophia 的訊息我才鬆了口氣。

「喔！不要擔心啦。昨天那個大鬍子我之前就見過，是認識的人，做銀行的。跟你說，做銀行的什麼都玩，太可怕了。昨天喝了一整晚，抽了不知道幾根大麻，還用了一點毒品，這些人才真的是瘋子。」Sophia 傳來一段語音，想必是頭痛到打不出字來。

「好啦知道妳安全就好了，老鄉。」

「沒事的啦，我去市區吃頓飯就回宿舍了。你也小心點，雨感覺一時半載停不了，回去坐出租車吧，別搭摩托車，先這樣，自己小心。」

Sophia 才掛上電話，接著我馬上就接到小雞打來的電話。

小雞滿懷興味地說：「你是不是又跑出去哪裡瘋啊？」

「我在市區，正想要叫車回去，但雨太大很危險。」

「危險的不是雨，重點是淹水，不回來就不知道什麼時候能回來啦！阿呆！」小雞果然很關心我，還特地打電話提醒。

顧不得等雨小，我立即撥手機叫車。通常遇到下雨，私家車就會變得很難叫，乘客們在網路上搶車搶成一團，手機頁面搜尋的雷達功能掃描了一個小時，我不由得開始急了。

「還沒有叫到車嗎？」Dean 一邊把穀片倒到越南土色的大瓷碗裡，碗的外面還有深藍色的裝飾花卉，接著把傳統樣式的碗放到現代科技的微波爐裡。

「大家都怕淹水，搶車搶瘋了。」

「真的回不去的話就再住一天，明天再回去吧。」Dean 難得表現得慷慨又有義氣。

我想著，可能真的明天要請假了，想起唬哥他老人家的告誡，不管玩得多瘋，依舊準時打卡上班才是台幹的風範，莫非就在今天要破戒？緊接著，手機傳來了奇蹟般的簡訊。

「欸！你在哪裡啊？雨這麼大，不會還在市區吧？我們在一郡，想說你可能被困在一郡，要不要順便去載你？」原來是阿富和其他師傅在市區。

「超級需要！我現在就把地址給你！」此時的我萬分感激台灣同鄉的人情味。

「你地址那邊淹水了，車子開不進去，你走出來大馬路上吧。」

十分鐘後，我收到了阿富的電話便衝出了門。到了一樓，水已經淹到了大腿，我涉水走過，心裡想到昨天在水中載浮載沉的蟑螂和排泄物，但此刻早就已經顧不了這麼多了。從小巷子走了十分鐘，總算到了大街，老遠看到阿富搖下車窗向我招手。上了車後，車子一路往公司的方向狂飆，還好是高底盤的車子，旁邊到處是泡水的車子，尤其到了五郡，車子就像開在河裡，濺起的水花已經超過車身的兩側，我們一路集體祈禱不要遇到紅燈，否則停下來引擎進水就發不動了。這時我才發現，比較老舊、低窪的房子早已經淹水至過膝的高度，居民似乎已經見怪不怪，在水中繼續日常生活。經過一番折騰，好不容易才回到了安全的宿舍。

小賣部阿姨

//

台风「天兔」现已在越南平定省至庆和省一带登陆，对越南中南部地区造成重大影响。当前，在越南南部地区的中国公民请务必密切关注台风动态和当地天气情况，做好应对强风和强降雨的准备。尽管已转为热带低压，仍然不容忽视其带来的强风和强降雨。——《央视》

隔天一早，雨勢依舊氾濫，颱風離台灣太遙遠，台灣新聞已經不再播報，這時才感覺到台幹與台灣的距離也一樣遙遠。海外資訊短缺的情況下，只能看中國央視新聞瞭解時事。大雨造成的積水還沒有退去，大概有一半的越籍同事請假，市區交通道路癱瘓。上班過了一個小時，阿聰濕漉漉地跑進辦公室來，頭髮和衣服都在滴水。

「抱歉我遲到了，路上都淹水了，我的車子騎到泡水。

公司後面那條路已經淹水淹到五郡了。」阿聰不好意思地說。

我看到他大吃一驚，沒有想到他會出現。「所以你車子也泡水了嗎？那你怎麼來的？」

「就推著車子走來啊，路上都是人，大家都在推車。明天早上可以請假一個小時去修車嗎？」阿聰指著滿是泥濘的牛仔褲，一臉無奈。

「下次下這麼大的雨淹水，就請假吧，你這樣來上班，車子壞掉還要花錢修，班豈不就白上了？」我心裡帶著愧疚地說著，想到這些員工一個月的薪水也沒有多少錢。

「我剛剛也是被擠到半路上，前後都是人，又不能回頭回去。沒關係啦，這種事情很常發生的，習慣了。」

又過了兩個小時，小雞也進了辦公室，看起來其他人淹水是淹到大腿，但短腿的小雞從腰以下都濕了，被胖胖取笑了好久，當然機車也泡了水。到了下午，我說起在台灣小時候颱風天，總是會停電，會在家裡點著蠟燭，吃著簡單的泡麵。

「聽到我好餓！我要去買東西吃！」阿聰這個瘦猴馬上跳了起來，拍拍屁股衝出去，五分鐘就回來，手裡拿了一袋米紙[註2]，再加上一小包鵪鶉蛋。米紙是越南的國民小吃，可以用來包春捲，也可以直接撕碎食用，我稱之為越南的多力多茲。通常當零食販售的話，會附贈幾顆新鮮的金桔。

「這麼快？小賣部也要走個十幾分鐘吧？」看到阿聰不到三分鐘就覓食回來，讓我感到驚訝。

「誰說去小賣部了？我是去行家才知的『地下小賣鋪』。」阿聰一臉神祕兮兮。

「死阿聰！大嘴巴！我跟你說，千萬不可以和其他台幹說喔，被協理知道我們就沒東西吃了。」小雞瞪了阿聰一眼，阿聰喜孜孜地打開塑膠袋，用手把一片片米紙撕成小塊。小把鵪鶉蛋殼剝掉、壓碎，丟到塑膠袋裡。

「我們的地下小賣鋪就是掃廁所的阿姨啦。」阿聰一邊說著，一邊把赤條條的調味包灑進塑膠袋裡，開始使力搖著塑膠袋，搖得掛在鼻梁上的眼鏡都快掉了下來。

「掃地阿姨這麼有本事啊？帶這麼多食物進來都沒被發現嗎？」我想到進出廠區，在閘門處都要把隨身包包打開來給守衛檢查。

「就一點一點偷偷帶進來啊，你有沒有看到廁所旁邊有個直立式的掃除櫃？阿姨的『商品』都放在裡面。」小雞說著，拿起幾顆金桔，用原子筆戳了幾個小洞，將汁液擠到阿聰搖到一半的塑膠袋裡，再把金桔的籽挑出來，完畢後把袋口抓起來，交給阿聰，按了一下阿聰的頭，就像打開開關一樣，示意他繼續搖。

「公司裡有很多人偷偷賺錢，前幾天開會時才講到，抓到幾個阿姨躲在空的辦公室，把燈都關掉，開手機的燈在裡面刺繡，做手工藝代工。」阿聰和我們分享剛出爐的新聞。

「當然，薪水這麼少，很多人下班還去超市或餐廳打工呢！可以吃了，這個加了蛋更好吃喔。」小雞塞了我一雙免洗筷。

剛開始米紙塞到嘴巴裡，很乾、調味粉很鹹、金桔很酸，偏重的口味讓口水直分泌，米紙吸收水分開始軟化，越嚼越香越甜越夠味，搭配內附的香料草讓人吃久了也不膩。

「今天大雨，生意太好，連泡麵都賣完了。我只好買這個，還有半包『特別的』蛋。你要不要吃？」阿聰抓起另外半包蛋問我。

「來啦！你這種外國人一定要試試看。」小雞說著，拿了一顆給我。

「怎麼溫溫熱熱的？阿姨的掃除櫃是有什麼高科技的魔法嗎？」我接過一顆鵪鶉蛋，慢慢撥開。

「哪有什麼高科技，阿姨就是把蛋泡在飲水機出來的熱水裡，熱熱的比較好吃，很細心吧。」小雞一邊用手抓著米紙，一邊講解。

當我撥開這顆蛋殼時，發現蛋黃和蛋白中夾雜著黑黑的微小羽毛——原來這是一顆尚未孵化完全的小鵪鶉！整隻被煮熟在蛋裡！我嚇得把蛋丟在桌上。

「你很浪費耶！這種還特別貴你知不知道？很補的，快吃掉。」阿聰邊吃邊說著。

但接著我撿起這顆無緣長大的小生命，深思熟慮後決定勇敢地嚐試，因為做為一個肉食者，應當勇敢面對為我們犧牲的生命。我將蛋放入口中，口感和一般雞蛋差不多，但多了一點雞肉的腥味。當我咬破一顆小小的圓球，心想著那大概就是小鵪鶉的頭顱吧，口感有點脆脆的。即使窗外狂風暴雨，但飽足的肚皮讓我們感到安心。

范五老暗巷

//

隔天上班時，胖胖突然移動電腦椅，一步一步地偷偷滑到我的身邊，還差點被掛在椅背上的外套絆住跌倒。

「嗨！我遇到了一點問題，請問可以再跟你借點錢嗎？我的居留證到期了，需要錢重辦。」胖胖露出一臉遇到麻煩的神情。

「居留證？」我從來沒聽過越南人在越南工作需要什麼居留證。

「在西貢工作是需要居留證的，我老家不是在這裡。」

胖胖娓娓道來——在越南，這類擁有國際學校學歷的人，通常薪水很高，在工廠其他同事反而常拿他的學歷開玩笑。原來胖胖的大學並沒有唸完，原本父親是有錢的商人，小時候都是吃好用好，從小就被送去貴族學校唸書。不過後來，父親出軌了，和第三者組成新家庭、與胖胖的母親離婚。因此胖胖被送到鄉下爺爺奶奶家，由奶奶撫養成人。儘管父親在外面有了新家庭，仍然定時寄錢給他，使得胖胖的童年依然過得舒適無憂，擁有手機和 Jordan 球鞋。直到上了大學，父親去世了，繼母利用法律手段繼承了遺產，一分錢也沒有分給他。此後，他開始無法跟有錢的同學交際，也因為繳不起學費而被迫休學。

「我認識一個警察，我上一張假的居留證就是跟他買的，很多政府官員都在賺這個錢。」胖胖拿出手機，給我看了一張滿滿越南文的文件。

「警察要怎麼造假？」聽到這裡我還是半信半疑。

「他們會去找一間廢棄的房子，然後把我的戶籍地遷進去，名義上我住在那裡，但是其實那是個廢墟，官方帳冊上紀錄很多人住在裡面。」胖胖指了一下文件上的越南文，說這是他登記的居住地。

「那你需要多少錢？」

「一張居留證要五百萬越盾，我之前的存款，加上這個月薪水一部分，還差一百萬，可以跟你借嗎？」

「嗯，你拿去吧，有錢吃飯嗎？」我掏出錢給他。

「還算過得去，其實我覺得一直跟人家借錢很丟臉。」胖胖一臉羞愧的樣子。

我真心相信胖胖懷有難言之隱，而且五百萬盾對台幹來說不算什麼，就當做慈善吧，我也沒有更深入追究。此時手機響了——Dean傳來簡訊。

「我今天不出去玩啦，我有事。」難得Dean缺席我們週末三劍客的團聚。

「才怪！你有什麼事？今天要去你最愛的天文台，有你最愛的DJ耶！」

「不要，我認清事實了，週末的天文台都是男的，根本是你和Sophia的香腸樂園！而且我明天有事。」

「又是女人？」我心想：「理由伯，見色忘友。」

「哪有，我明天要去一個孤兒院做義工，要早起。」

「義工？你？」我心裡想著，這傢伙週末去泳池派對都來不及了，怎麼可能去做慈善，大概天地即將有異狀？六月雪或是下紅雨？

「真的啦，好啦，最近我遇到一個單親媽媽，她在床上實在有夠狂野，這是題外話，她邀請我去的啦。」

「這麼有趣？需要幫手嗎？」我心想：「果然還是女人，還好世界還不至於因為『豬』而出現異象毀滅。」

「不可以，我們要很早起，開車去沒有你的位子。這是我們成人的活動，你們這些小鬼繼續去你們的酒吧尋找香腸吧。Bye！」

想到今天我們三劍客缺一，下了班後我隻身一人去市區與Sophia會合。先約到范五老街的義大利餐酒館吃飯，一到就見到Sofi，旁邊坐了一個金髮碧眼，身材精壯但偏瘦的男子，兩個人興奮地和我招手。

「豬呢？」Sophia環顧了一下四周，發現只有我一個人。

我聳聳肩：「他今天不來。」

「怎麼了？女人？」果然Sophia也很了解這隻小豬。

「算是吧，哈哈哈！新男伴？」我看了一下Sophia身邊的男生，挑挑眉示意：「麻煩介紹一下？」

「對啊，他是我新的約會對象，德國人，背包客和朋友來玩。」

「你好，我叫Tim。」這個金髮碧眼的男孩，笑起來有點害羞，可愛的酒窩和笑窩掛在臉上。

「吃幼齒喔，才二十五歲大學剛畢業來Gap year。」

Sophia對著我用中文小聲地說，表情像看到一盤可口甜點。

「感覺妳等一下會在床上把他拆了，不像妳的菜。」我忍不住消遣她一下。

「哪會，他雖然年紀小，有點瘦，但對我很貼心呢。可能當他知道我大他一輪的時候，不知道會不會被嚇到？哈哈哈！不管怎樣，享受人生！乾杯！」說著Sophia興奮地舉起酒杯。

「等一下，我的藥頭傳簡訊來，我要拿貨，他真的很笨，英文又很爛。」放下酒杯後，Sophia拿起手機查詢她的大麻外送員到哪裡了？

「他說沒空，叫女朋友拿給我。好像是那個女的？」Sophia說著，指著酒吧對街一個戴著墨鏡、挑染紫色頭髮的越南女孩，接著Sofi開心地跑去。我跟Tim坐在酒吧裡看著Sophia對著女孩比手畫腳，接著從小包包裡掏出幾張鈔票，交給那個越南女孩，女孩收了錢，給了她一個小袋子，給完轉身便要走，被Sophia一把抓住，Sophia打開小袋子看了看、聞了聞，開始和女孩爭執。

「她們看起來好像在吵架。」Tim擔心地看著我說。

「別擔心，Sofi可以解決，她是天生的女戰神。」我喝了一口啤酒，神態自若地說，就像是在看一齣肥皂劇。

看著她們你一言我一語，沒過幾句越吵越激烈。忽然間，Sofi一把抓住越南女生的頭髮，把她整個人往下摔。那個女生重心不穩，摔倒在地上，但馬上爬起來朝Sophia衝過去，同時也抓住了她的頭髮。Sophia早有心理準備，開始朝女生的臉上亂打，一邊亂抓她的包包。看到情況不對，Tim跳下酒吧的高腳椅衝過去，我也跟著跑上前去。Tim衝到兩個女人中間，用雙手把她們分開，就像是主人分開兩隻在纏鬥的吉娃娃。兩個女人氣得咬牙切齒，咧嘴露出牙齦，對彼此吼叫，恨不得撕碎對方。眼看Tim實在很難將兩個人分開，我上前幫忙抓住Sophia的手，往後拉，Tim順勢制止了越南女生。那個越南女生沒想到這個台灣女生有幫手，掙脫Tim後抓著那袋大麻慌忙地逃走。

「可惡！要不是你抓著我，老娘早就打到她腦袋開花！可惡！幹！她抓得我頭髮好痛，好像被抓掉了一大撮。」

Sophia用力地敷著左邊頭頂，希望可以抹去痛意。

「妳的背上在流血，這個女人的指甲也太長了吧。」Tim看到Sophia左肩到後背被抓了三道又深又長的抓痕。

「沒關係，我剛剛也咬了她兩口，她不比我差。」到這地步，Sophia還是很在乎輸贏。

我和Tim兩個旁觀者焦急地問：「到底是怎麼了？怎麼突然吵起來？」

「那個藥頭真的是白癡，我先跟他買多一點，寄在那裡慢慢拿。我剛剛跟那個女生說，沒想到她才給我一半來打發我，還不還我錢，我只好先發制人。」Sophia叫我用手機拍她背上的傷口給她看看。「嗯，是有點痛但感覺還好，希望不要留下傷口，幹他媽的賤女人。」

「先發制人？妳這三條刮痕，像是跟狼人戰鬥過後的樣子。重點是，妳買大麻還『寄杯』？」我拿出隨身攜帶的曼秀雷敦，幫她擦上減緩疼痛，再貼上OK蹦。

「可惡！好想抽一口，錢被拿走還沒拿到草，我要跟那個藥頭投訴，他媽的越南女人。」Sophia說著從包包裡抽出一支菸，拿出打火機點上。

「妳不要生氣啦，我們去找其他人買，反正這裡是背包客街，很多路邊都有在賣，我買給妳。」Tim看著Sophia，心疼地摟著她。

這心情就像是孩子期待著冰淇淋，終於買到後冰淇淋卻掉在地上，一整天都會想著那球沒吃到的冰淇淋。等到Sophia情緒平復後，我們沿著街上漫步，Tim努力地尋找可以搞到一些大麻的違法攤販，試圖逗他的女神開心。走到上次曾用黑色手提箱賣色情圖片的攤子時，Tim跟老太太說想要買些草，我們在路邊等他，看到老闆塞了一包小袋子，Tim開心地對我們揮手，就像是完成了任務的小男孩。

接著，我們經過一家散發出濃郁大麻味的酒吧。三個人面對面，互相點頭後一起走了進去。這家酒吧有DJ駐場，劣質的音響刺痛我們的耳膜。不過沒關係，我們只是想找個地方哈草。而經歷這麼多努力後，終於可以得償所望地抽到那口麻菸。酒吧除了糟糕的音樂，還有三根鋼管柱，分別站了一個模特兒等級的長腿辣妹，穿著比基尼和短褲，隨著音樂賣力地扭動著水蛇腰和蜜桃臀。若不考慮藍紫色燈光把她們的臉照得亂七八糟，舞台熱力四射。台下坐著幾個退休的肥胖外國老人，夏威夷衫搭配過膝的短褲，手拿著大杯啤酒。雙下巴加上厚實的啤酒肚，一邊觀望左右，等待著前來攀談的妓女，好貢獻一點金援，幫助這個經濟剛起步，人民努力賺錢，經濟欣欣向榮的開發中國家。

「靠！剛剛那個女的真不識相，我朋友跟我說他有管道，在越南幹掉一個人你知道花多少錢嗎？二十萬台幣！二十萬台幣就可以買到一個人的命喔。」Sophia說完摸摸頭，看了看鏡子說：「幹他媽的好痛！我頭髮被抓掉了好多。」

趁著我和Sophia聊天之際，Tim已經興奮地捲起剛剛在巷口買的大麻。

「來吧！可憐的Sophia，來一口便宜但品質不減的綠色空氣。」Tim點燃手上新鮮的、剛捲好的、肥美的大麻菸，一手熱情地遞過來。

「謝謝你，親愛的。」Sophia吸了兩口，終於展開燦笑，但眉頭一皺。「這個菸抽起來不太舒服。」接著把大麻菸遞給我。

雖然這只是一支大麻煙，但在Tim巧手的捲製下，肥厚地像雪茄一樣，密度緊實適中，吸起來火候順暢、平均、完美地燃燒著每一絲大麻。我認為這種完美的捲菸可以稱之為一件藝術品，有時候見到這種極品捲菸，反而讓人捨不得抽完它。當我看著這支令人垂涎的菸時，我的目光飄向Tim和Sofi，看到他們期待我嘗試的表情。我大力地吸了一口，感覺到綠色的煙霧被我的氣管送到肺部，但抽完霎時感覺到太陽穴一陣絞痛，就像有人把我的腦子像擰毛巾一樣，雖然只是一口，但等我回過神來，感覺這菸有蹊蹺。

「這有點刺激，不適合我。」說完我把菸還給Tim，Tim看了一看，聳聳肩繼續抽。

隨著我和Sophia開心地聊天，時間一分一秒過去，Tim默默地把整支菸給抽完了。

「Tim怎麼這麼安靜？」我突然發現Tim雙眼緊閉，趴在桌上小聲地喃喃自語。

「他……現在是怎樣？中邪嗎？還是太鏘了？」Sophia用手指推推Tim。「寶貝，你現在很嗨嗎？你飛到哪裡？跟我分享一下。」

說時遲那時快，Tim突然從桌子上彈起來，兩手無力地垂放在椅子上，眼睛滿是血絲。Sophia和我都被嚇呆了，就在這時，Tim回過神來，開始像野獸一樣尖叫咆哮，並在空氣中亂抓，接著用雙手猛力敲打吧台，手不聽使喚一般。我和Sophia試著控制他，但被擺脫，他連滾帶爬地跑到牆邊，並開始用拳頭猛擊牆壁。我和Sophia擔心他會受傷，Sophia從他身後緊緊抱住他，拉開他的手，而我則用雙手和腳盤住他的腿。這時，我們身後出現了一個身材矮小，皮膚黝黑，光頭的黑衣男子。

「他是吸毒嗎？你們吸了什麼？」男子淡定地問，原來這名男子是酒吧老闆。

「大麻！只有大麻！」Sophia緊張地說，並擔心地看著Tim。

「看這樣子不太像，快點把他扛出去，應該是因為聽到大聲的音樂才會這樣，快把他帶到安靜的地方。」老闆冷靜地說，看起來見怪不怪的樣子。

「看起來繼續在這裡實在不行，要是警察來了我們都會有事。」我對Sophia說。

Sophia看著我，接著用兩隻手用力地把Tim的臉固定住，吼一般地對他說：「Tim聽我說，你可以自己走出去嗎？你在聽我說話嗎？」Tim依然像發瘋一般地扭動與嘶吼。Sophia看他毫無反應，氣得罵了一聲台灣國罵。

「我們一人一邊，先把他扛出去再說。」Sophia對我說完，把Tim一隻胳膊掛在她肩膀上，揮揮手示意要我幫忙。

我把Tim的另一隻手也放在肩膀上，但他不斷地掙扎。Sophia和我身高差距大，我們走路很難保持平衡，這讓我想到一個台灣消防員朋友的故事。我的一位消防員朋友，曾經待過兩個分隊，工作勤務不一樣，一個在公園巡邏，主要勤務是把跳到湖裡自殺的屍體撿起來；另一個是在鬧區執勤，把酒醉路倒的人帶回警局。在中文裡，兩者都叫做「撿屍體」，但消防員說：「我寧願去湖裡撿真正的屍體，因為至少不會向我揮拳。」

想到這裡，我認真地想徵求Sophia的意見，看看我們是否應該讓Tim吃兩個拳頭，會讓移動的過程更省事一點。但想到Tim天真無邪的笑臉，我打消了這個念頭。我和Sophia兩個咬著牙，半扛半拖地把Tim拉出了大門。沿著店門口旁邊的小巷，我們把他拉到巷子的深處。攝氏32度的氣溫，我們兩個人擦著豆大的汗滴，看著躺在地上的Tim，不斷尖叫嘶吼著我們聽不懂的德文。此時，我們才發現老闆摸著光溜溜的頭，一直默默地跟在我們身後。

「老闆，謝謝你，你應該很有經驗。」我跟Sofi不好意思地看著老闆。

「不會啦，常常看到，那你們要怎麼辦？你們兩個是他的女朋友嗎？」老闆一臉嚴肅地問我們，不是在鬧著玩。

「我們先把他放在這裡，看等下會不會好一點。」我想著，兩個女朋友？這個老闆在說什麼？

在我們與老闆說話的時候，Tim 忽然坐了起來，一個箭步要往巷子外衝去。我和 Sophia 擔心他會跑掉，Sophia 機警地抱住他的腰，當下 Tim 跌了一跤，嘴角撞到粗糙的水泥磚牆，流了點血。我看到這情況立刻上前幫忙，可是 Tim 張牙舞爪地揮動雙臂，不偏不倚地一拳打中了我的顴骨。我受到重擊，大腦斷片了幾秒，但很快回過神來，忍住暈眩再次上前幫忙，和 Sophia 一起壓制住這頭猛獸。

「他打你？他怎麼可以打你？你是他女朋友，他怎麼可以打你？幹他媽的畜生！狗娘養的爛貨……。」光頭老闆說著說著，氣到面紅耳赤，一個回頭消失在巷尾。

正當我和 Sophia 與 Tim 在地板上扭打纏鬥的時候，光頭老闆回來了，手上多了一把黑到發亮的電擊棒。

「你以為外國人了不起？外國人就可以玩亞洲女人？」說著老闆用手中的電擊棒電 Tim。

我和 Sophia 反射性地彈開， Tim 痛到撕心裂肺地大叫一聲，大概是我這輩子聽過最聲嘶力竭的喊聲，接著捲曲在地上。老闆沒有因此而善罷甘休，繼續使用電擊棒不斷地電擊Tim。那種在使用毒品後失去自我理智，陷入異次元空間時被不斷凌虐的恐懼讓人難以想像，可能是睡覺睡到一半腳抽筋的一百萬倍。Tim害怕地哭泣、哀求，不斷地道歉只想結束這一切。

「我們只是朋友！不是女朋友！他是好人！」眼看光頭老闆聽不進我們的解釋，我索性一把從後面奮力架起老闆，老闆的手在空中揮舞著，我不斷地在他耳邊請他冷靜。

Sophia一邊作勢要打電話報警，這才讓老闆停下動作，一把甩開我，走上前去再踹了Tim一腳，便悻悻然地走了。我和Sophia癱坐在地上，渾身沙土又沾染了破掉垃圾袋流出來的臭水。我們想著不能再待在暗巷，怕有危險或是別人進來趁火打劫。於是合力把Tim拖到大馬路邊，讓他坐在行道樹下。接著我和Sophia討論是否應該報警還是送他去看醫生，此時的Tim雖然痛苦，但似乎迷幻的藥效已退去。Sophia叫了輛車帶他回家，我也叫了一輛摩托車回宿舍。

早晨四點的胡志明市，空氣中充滿著早晨露水的濕氣，天色由黑暗轉為靛藍。清潔人員已經開始清理街上的垃圾，我無力地趴在司機的背上，這大概就是「凍露水」吧。不知道過了幾個紅綠燈，直到接近公司時才被叫醒。此時陽光已經曬到我的臉上，身旁滿滿是騎著摩托車趕著上班的越南同事。隨著接近公司門口，交通越來越擁擠。為了避免在車陣中浪費時間，我的肺已經快犧牲成為胡志明市的空氣清淨機，我直接摘下安全帽跳下車，走了一小段路回公司，穿過上班的人群，在後門找到我的腳踏車，一路搖搖晃晃地騎回宿舍，一心只想洗個熱水澡。

沿路許多員工坐在地上吃早餐，或者蓋著紙箱皮在屋簷陰暗處睡覺。為什麼有許多工人很早到公司找地方睡覺？小雞告訴我，他們都是從隆安省等其他城市來胡志明市打工的工人。一方面是因為公司的工資太低，胡志明市很難招工，所以每天早上公司會派車去接他們來上工，公司的車大概早上四點就到達隆安，這些工人有些凌晨三點多就要起床，再坐一個半到兩個小時的車來上班。由於為了避免塞車時段，會提早到達，因此工人需要找個地方補眠，真的十分辛苦。

「你！是不是又早上才回來？」阿聰看到我一進門，就瞇著眼睛問我：「哇靠！你的眼睛還一隻大一隻小？新造型？」

「哈哈哈哈！是啊，不要跟協理說，不然我又要被罵了。但是你怎麼知道我早上回來？」我摸了摸腫起來的眼框。心想，拜託不要給主管知道，主管是連我搭胡志明市公車都緊張個半死，不僅唸了我十幾分鐘，還強迫與我分享以前坐公車被搶錢的故事。

「嘿嘿！當然！我這麼聰明！」阿聰驕傲的說：「好啦告訴你，因為我來上班的時候看到你的腳踏車還在後門，我就知道你還沒回來。」

「而且，我猜你忘記我們今天有新成員加入！是女生喔！」我這才想起來有被分配一個新員工入職。

加入我們的新成員叫做阿桃，畢業於加拿大的大學。家裡共四個小孩，她在家裡排行老二。阿桃的家境很好，一方面因為家裡在加拿大有親戚，所以阿桃被送出國。阿桃被送出國時背負著全家的期望來到加拿大，不確定自己的興趣，便選了藝術插畫科系，她的家人希望給她最好的教育環境，並期望她能夠移民加拿大，擁有更好的人生，進而依親移民，讓家族有更好的未來。在加拿大唸書期間，阿桃也十分努力，有空就去親戚家的餐館端盤子。她也聽從父母的建議，找了個白人男友，本來打算就此在加拿大落地生根，但是畢業前夕阿桃問男友愛不愛自己？願不願意結婚？希望取得身分在加拿大。但是現實讓阿桃失望了，還沒有畢業就先被分手，原本打算靠自己找工作，但又沒有工作經驗。最終阿桃努力地待到簽證到期，只能打包行李回越南。

「Hi！Nice to mee you！我想問一下，因為我家是開素食餐廳的，家裡生意在初一和十五時會非常好，偶爾會需要回家幫忙，請問可以嗎？」阿桃不好意思地看著我，但又希望能徵得我同意。

「我從來沒有聽過一個月固定請假兩次的需求，妳入廠多久了？」我心想，果然是問題人物才會被其他單位踢來。

這家公司之所以錄取阿桃，主要是因為阿桃的大伯在當地有很大的勢力。當公司需要和政府接觸時，阿桃的大伯總是能夠充當一個優秀的中間人，因此也沒有人會對阿桃找麻煩。留學過的阿桃薪水其實沒有比其他越南員工高太多，大概只有五萬多越南盾一個月，但阿桃很喜歡現在輕鬆沒有壓力的生活。

「我在這家工廠待了兩年，每天回家都被我爸爸嫌棄，他總說花了很多錢讓我出國，但卻回來做低薪的工作。如果我不回家幫忙，我爸爸會要我辭職。」和天真的阿聰正成對比，阿桃是一個充滿煩惱和壓力的人。

「好啦，只要符合公司規定，妳的工作有人幫忙做就可以。」我想著，若是拒絕，我大概只找得到鬼來幫我工作了。

「妳看！我就說我們這組老大人很好吧！」阿聰開心地說。

「聽說妳去加拿大唸過書，英文好嗎？」

阿桃一臉心虛地說：「雖然我有出國，但大部分時間都和華人混在一起，英文沒什麼進步，中文倒是滿好的。」

「沒關係，有問題問阿聰就好了。」我心想，有人類能夠來我的部門就萬幸，沒有再挑剔的餘地了。

下班前，胖胖又傳了一條信息給我，希望可以再跟我借一些錢。他想要回故鄉峴港去拿畢業證書，已經逾期半年了，若再不拿就拿不到了。看完簡訊後我趴在桌上，經過一夜折騰，完全無法思考，拖著疲累的身體，眼巴巴地看著時鐘，等待秒針一秒一秒地走。前一天晚上通宵，加上范五老街的劣質啤酒讓我頭痛欲裂，難怪有人說有些范五老街的啤酒是假的，這傳聞果然是真的。當我看著辦公室裡的秒針倒數著，下班鈴聲終於響起，我立刻跳起來關燈鎖門，用盡最後一絲力量騎著自行車回到了宿舍，躺平在我溫暖的床上。半睡半醒的時候，看到了床下空空的床架上，爬著一隻和我的手掌差不多長的蜈蚣。我心想：他媽的，阿姨又把我擋在廁所排水口的拖鞋移開了，總有一大堆的蜈蚣和蟑螂從那裡爬上來。明天我得讓阿聰幫我用越南語寫張紙條貼在門上，給阿姨知道這件事。想著想著，我迷迷糊糊地陷入睡眠。

不知道睡了多久，錯過了晚餐時間，但還好趕得上宵夜時。工廠不希望員工晚上在廠外閒晃，所以會煮些台灣口味的牛肉麵或水餃給同事們果腹。我拖著沉重的身體走向餐廳，一眼就看到莉欣和阿富同桌聊天，兩人對我招招手。

「哇勒！靠！你眼睛怎麼了？腫成一圈，得趕快冰敷不然破相了怎麼辦？你可是女孩子耶！」阿富果然在海外就像大家的爸爸一樣，馬上叫我去廚房拿冰塊。

「你又出去玩了齁？該不會跑去那種不良場所吧？台幹染上壞習慣的我看多了，你不要給我找麻煩喔。」莉欣瞇起眼欣賞我腫脹的眼睛，接著說：「上個月另一個廠區，我聽說有個台幹用公司電腦買大麻來賣，不知道賣給誰，緊接著警察就來了，電腦跟人都一起被帶走。」

「哇！在外地惹這種麻煩感覺很可怕，又不懂當地語言。這個賣大麻的工程師現在怎麼樣了？」我一邊冰敷，一邊好奇地問。

「那個台幹就是那種加拿大長大的，某個高層幹部的小孩，公司就拿錢去把他贖回來啊，不太知道這裡法令怎樣，但好像就被家人接回台灣了。」莉欣挑了挑眉，滿臉都是藏不住的八卦的表情。

「之前聽說一個在大陸的台幹，做進出口的工作，利用職務之便進口海洛英到中國，藏在貨櫃之類的，入關時被海關查扣，聽說政府要求公司付兩百萬美金，美金喔！不是人民幣喔！不然就要把珠海的工廠關掉。」

「那兩百萬美金付了嗎？」我聽得津津有味，八卦是晚餐最好的配菜。

「有啊！最後還是付了。哎呦，這對公司來說也沒什麼。但據說那個台幹沒有被放回來，直接送到牢裡了。」莉欣趁機給我來一堂機會教育。

「在中國坐牢，應該生不如死吧。」我想，還是不要在別人的地盤撒野比較好。

「是啊，我們在這裡，都是來賺錢的過客，好好工作，認真賺錢，退休了回家養老，知道嗎？」阿富爸爸幫大家下了一個溫馨結語。

足球暴走族

星期六，大家週末無心上班，一大早阿聰便鬼吼鬼叫地跑進辦公室，身上穿了越南國旗的 T-shirt，肚子挺著一顆星星跑來跑去。原來是越南足球亞洲杯踢進前四強，剛好又是禮拜六晚上，隔天不用上班，下班後早就三三兩兩約好要一起看球。工廠應該要感謝足球賽辦在禮拜六，因為通常比賽完後上班出勤率會大幅下降。

「我看你穿成這樣還以為又要罷工了。」我笑著對阿聰說。

「不是啦，是今天踢球！越南一定要贏啊！今天外面好多小攤販在賣衣服、國旗和彩帶耶！我去買一件給你。」說著阿聰一溜煙跑出去幫我帶了一件衣服回來，被振奮氣氛感染的我也從善如流換上國旗衣。

一整天下來，每個人都在談論足球，接近下班的時候，已經有越籍同事在彼此的臉上彩繪越南國旗，明顯地是在為等一下的球賽狂歡做足準備。世界上的足球暴民以英國最有名，通常是比賽輸球會暴動，喝醉打人鬧事；但越南剛好相反，比賽若是贏了，所有人都會上街慶祝，偶爾出點岔子，若是比賽輸了，大家還是會失魂落魄地乖乖回家休息。下班的時候，我也被綁上彩帶，臉上被畫上越南國旗，像棵聖誕樹一樣被小雞和胖胖放回家。

下班後Dean難得地約了我和Sophia去玩，他已經消失了幾週。Sophia按照慣例還是會遲到兩個小時。Dean問我們是否想去看他澳洲朋友Pete的聯合塗鴉展。原來Pete是一位塗鴉狂，在雪梨機場當地勤技師，因為工作的關係每年都可以買到許多便宜的機票，這大概是所有塗鴉客最夢寐以求的工作。然而，Pete從來不交女朋友，只喜歡嫖妓，並且喜歡按摩，特別是有「Happy Ending」的那一種。因此，每當有長假，就會來東南亞住上幾個月，一邊享受當地的「溫柔鄉」，一邊塗鴉。

我們到達范五老街，轉進一條躲藏在傳統越南酒吧後面的小巷，拐了數個彎，一面Wild Style塗鴉風格的牆面映入眼簾，接著，我們走上了一家刺青店的二樓，半邊是二手服飾店，另外半邊像市集一樣熱鬧。牆上掛滿了小幅的塗鴉作品和噴漆，幾個攤主賣著自己手工做的大麻蛋糕和奶茶，搭配可愛的彩虹魔法插畫，可愛極了。還有幾個人站在一旁捲著肥厚的大麻菸，一手拿著啤酒，一邊聊天，即使彼此都不認識，仍舊像老朋友般地溫暖寒暄。幾個大學生合夥引進了加拿大噴漆品牌，一邊工作一邊討論新聞上的政治議題，他們暢所欲言，討論著改革社會和自由的未來。越南表面是開放的共產國家，在街上談論政治依然很敏感，但關起門就是他們創造的烏托邦這幅景象——也提醒了我，踏出了門最好別再講政治了。

Dean 和 Pete 和一個坐在櫃檯的白人男子打招呼。這個塗鴉客叫「６０」，是我看過擁有最美麗眼睛的西方人，眼珠子就像鑽石一樣，難以定義到底是什麼顏色？這雙美麗的眼睛有個可惜的缺點，就是兩眼看的方向完全不同，左眼微微偏左，右眼斜視右下，這大概是用太多毒品的後遺症。聽說６０最享受的事情就是吸完冰毒後跑出去塗鴉，那種亢奮的血液衝上腦袋，加上破壞體制的快感會在身體裡流竄。６０正好是 Dean 的同鄉，６０在胡志明市是赫赫有名的塗鴉客，他畫遍了整個都市。剛好胡志明市的塗鴉不會被清理，或者是說政府根本懶得管這些無傷大雅的小奸小惡，因此這些有特色的塗鴉被留了下來，許多塗鴉客都稱胡志明市是「６０的城市」。

「天阿！６０真是我的偶像，他就像海盜一樣，從澳洲一個人來到越南，畫滿整座城市，女朋友還只有十六歲，那個屁股蛋和短裙辣翻了！」Dean一邊說著一邊在展覽裡面打卡，恨不得告訴全世界他今天到底遇到了誰？我們一邊在范五老街溜搭，一邊感受週末球賽的氣氛，時間越晚街上越擁擠，每個人都在找一家可以坐下來好好看球賽的酒吧，店家們也在外面撐起一個個巨型的洋傘，掛起布幕，準備晚上接待這些飢餓的球迷，雖然有些人才傍晚就已經醉倒在路邊。

終於，晚餐後球賽開始，整個胡志明街上難得地祥和寧靜，熱炒店倒是鬧烘烘地，不時傳出歡呼聲和吹塑膠喇叭的聲音，連屋頂都快被掀飛了。桌上的小菜和啤酒被潑得一地，最後——越南足球隊贏得了亞洲冠軍！

慶祝活動在檳城市場前的圓環以樹枝狀展開，綿延到統一宮與郵政博物館。白天老人做早操的樹蔭，現在擠滿了穿著紅色國旗T-shirt的球迷。路上被擠得水泄不通，所有人都快樂地塞在車陣裡。開車的人搖下車窗歡呼，或是一邊鳴笛一邊騎機車大喊，越南的「足球流氓」，與其說是流氓，不如說是「足球暴走族」。

一輛停在路邊的重機上，坐著一個胸部像哈密瓜一樣大的辣妹，隨著喇叭和音樂熱舞，不時拉起緊身的T-shirt露出纖細白皙的小蠻腰，在觀眾們興奮並情緒高漲時拉起衣服，露出兩個車頭燈，Q彈的雪白乳房隨著音樂跳動。這時候我發現對面有個人很眼熟，定神一看居然是胖胖在對面看著我笑，我像在人群裡游泳一樣，撥開充滿酸臭汗味的人群去找胖胖。平時三十秒可以走過的大馬路，今天擠了好久過不了。當我被卡在人群中動彈不得時，胖胖拿起手機和我揮揮手，接著騎車離開。

「這個女生已經露奶露好多次，不用過來了，一整群人都是人妖。」胖胖的簡訊寫著。

我轉頭跟Dean說這個女生不是女人的時候，他用不可置信的眼神看了我幾秒，然後說頭有點痛要去喝一杯。

不久後，Pete幾個晚到的朋友加入了我們，隨後我們去了一家經常光顧的夜店，一邊聽著音樂搖擺，一邊等待著我們的女神Sophia。新加入的一個法國白人朋友到達夜店後，立刻鎖定了一個瘦小但胸部不小的亞洲女孩，走到她身後，一把抱住她的腰部。女孩淘氣地假裝要掙脫，卻突然轉身抱住法國朋友的脖子，親了他一下，最後兩個人開心地消失在夜店的假樹林裡。Dean忍不住去上廁所，卻待了十五分鐘還沒有回來，讓我有點擔心，正打算起身去廁所找他時，看到他笑呵呵地走回來，一坐下來就興奮地跟我分享他在廁所的所見所聞。

「欸欸！你知道嗎？男廁最裡面那間有個超級正的辣妹，在幫一個個排隊的男人口交，可能是吃藥吃到失去理智。我原本也想說跟著其他男人嘗試看看，就跟著排隊。」Dean一臉興奮，差點占到便宜的樣子。

「怎樣？最後試了嗎？」

「沒有，因為我那時忽然想到，不知道這個女孩到底含了幾根？有消毒漱口嗎？我前面那個人的屌有沒有問題？想著就不排，上完廁所直接回來了。」沒想到這麼幾秒鐘Dean心裡竟然跑過這麼多小劇場。

突然間，Sophia帶著Tim跑到我們面前，一把抱住我，喝了口我手上的啤酒，接著打開小包包拿出一根大麻菸，拉著我們跑到酒吧的天台，天台上有一顆很大的鏡球，球上被帶了一頂象徵越南的斗笠，我們坐在沙發上看著鏡球中的自己，輪流傳著大麻菸，一邊聊天。Dean可能喝茫了，將我一把拉到旁邊，這個人又開始變得話癆。

「Sophia口味是不是變了？她之前都喜歡肌肉男啊，Tim可是骨瘦如柴欸，他們倆根本是低體脂肪情侶，兩個人像火柴一樣，我怕他們做愛摩擦生熱會燒起來。」Dean笑嘻嘻地望著我，滿心以為我會欣賞這段低級的笑話。

不久，法國朋友回來了，帶著剛才認識的「女孩」。仔細一看，才發現這個所謂的女孩，原來是一位約四、五十歲的少婦，但對於西方人來說，難以區分亞洲人的年齡，所以她被視為一個女孩。她告訴我，她的中文名字叫做「阿麗」，在胡志明市的美商工作。阿麗高興地跟我說，她的中文名字是年輕時在台灣工廠工作，由台灣幹部給她取的，她非常喜歡這個名字。阿麗從最基層的工廠女工開始工作，積累經驗，下班後自己苦練英文，剛好遇上越南產業轉型，從代工廠跳到品牌商。

當我們一邊聊天一邊喝酒時，Pete和其他塗鴉客突然哄弄起來。我們帶著幾瓶酒走在街上，尋找空牆面，幾個人拿著噴漆和麥克筆，忙著填滿街道所有的空白。不知不覺已經到了早上四點。整個晚上在街上鬼混喝酒，我們每個人都感到非常饑餓。阿麗帶我們找到一家海鮮熱炒店，我們興奮地坐下，翻閱手上的菜單。正在這時，餐廳的兩邊開始有兩個男人互相叫囂，我們問阿麗發生了什麼事情。阿麗說沒有關係，不要緊，就是黑道小混混鬧事罷了，直到我們看到兩方吵了起來，一個空酒瓶飛過來砸到我們餐桌，整個餐廳的顧客都站了起來，我們故作鎮定地默默往門口移動。

隨後我們一群人走到對面街角才停下來，Pete說這裡很亂，我們是外國人不要淌這個渾水，等一下警察來了會很麻煩。這個時候我們一邊走回范五老街，Pete帶我們去了一家二十四小時的河粉店，餓了一整個晚上的我們看到什麼就點什麼，盤子裡的食物一下子就一掃而空，吃完飯才發現阿麗和她的男伴早已經脫隊許久，走出餐廳看著早晨的天邊露出魚肚白，而我們也鳥獸散，各自搭出租車回家。

阿姨撞鬼記

隔天一大早我就收到Dean的簡訊，內容是：「嘿，我的姐妹，我受不了了非得要跟你講一件：昨天我們散場後我陪Pete像平時一樣去按摩，其實又是去召妓，Pete找到了一個喜歡的女生後，把我丟在按摩店，然後我受不了我的按摩師不斷地推銷，但是我還是沒有嫖，只有來個Happy Ending。射完了之後我覺得無比空虛，心想『啊……原來也不過就這樣啊，鈔票也一起就這樣射完了』，回家之後我發現好像那裏有點破皮，其實現在尿尿有點痛。」

「重點？」失去耐心的我忍不住打斷他。

「重點是——Pete回家之後開箱那個妓女，才知道原來他選的可愛女生是個可愛男生，但是當時他已經很醉了，所以還是用了。你不要跟他提起，因為我實在忍不住想跟你說。無論如何，祝你有美好的一天（lol[註3]）！」

讀完Dean這篇用「lol」結尾的噁男簡訊，想不通怎麼一大早就聽了一個鬼故事？對比美味的早餐，今天的飯菜是蒜蓉螃蟹、蝦子、紅燒獅子頭和蒸蛋，相當豐盛但實在讓人胃口盡失，隨便咬片吐司便早早上工。還好到辦公室的時候，阿聰幫我買了個越式腸粉，ＱＱ涼涼的腸粉搭配炸得脆脆的油蔥酥，沾上魚露，在夏天吃既開胃又可口，搭配越式咖啡更加清爽。

早上的時光平淡無奇地被消耗了，快接近中午的時候，辦公室外面傳來吵鬧的聲音，我派阿聰出去看看發生什麼事？聽到可以去其他辦公室蒐集八卦，他立刻像回魂一樣從位子上跳起來，喜孜孜地跑出去，不久後氣喘吁吁地。

「大事不好了！每次都誇你漂亮、有氣質、又最愛你的廁所阿姨中邪了！」阿聰急急忙忙地跳到椅子上用大聲公對大家宣布消息。

原來，清晨上班時，清潔廁所的阿姨人還好好的，但整個上午都沒看到她的身影。平時早上阿姨掃完廁所就會坐在旁邊的椅子上，一邊微笑一邊和大家寒暄，但今天突然不見了！剛剛終於有人在廁所旁邊放掃除用具的小隔間裡找到阿姨。

「我要去看！」說完，愛湊熱鬧的我又帶頭和其他人一起衝到樓下廁所，一群人已經在外面圍觀。

一個越籍同事鼓起勇氣，在黑壓壓的小隔間裡點亮唯一的光源，是一個迷你的小燈泡，然後發現阿姨坐在裡面，臉色蒼白，不斷啜泣，怎麼勸都不出來。後來找了幾個廠區裡最健壯的男生，連拖帶拉地把阿姨從隔間拽出來。阿姨一出來，平時溫柔的她，像頭猛獸一樣，不斷揮舞拳頭，整個表情都皺在一起，聲淚俱下地咒罵著聽不懂的越南文。

其中一個男生被阿姨硬生生地踹了一腳，馬上有兩三個男生接力衝上去幫忙制伏。在一陣混亂中，樣品室有位大姊說她可以處理，面對著被架住的清潔阿姨，接著唸了一連串咒語，然後像香港電影一樣，拿起筷子夾住阿姨的中指，接著阿姨突然間癱軟下去，不再掙扎，但仍然啜泣地說了些話。大姊用越南語安慰了她，然後送她到醫護室。這時，我才發現平常最有威嚴的協理居然躲在樓梯間偷看。這時才站出來叫大家散場，回到各自的工作崗位。

「哇！今天下午是我來上班到現在最精彩的一幕！」阿聰興奮地說。

我好奇地問：「之前都沒有這種事情發生？」

「沒有耶，大概就是加班，一個人的時候，會有外線打電話來，但是不講話，所以通常天色暗了不要亂接電話。」小雞知道我有時候會留下來加班，特別提醒我。

「樣品室的大姊好厲害喔！」在台灣不時看過廟公乩童起乩，但越南的降妖伏魔儀式還是第一次聽說。

「那個大姊很有名啊，家裡是開廟的，所以懂這些。大姊大概問了一下她怎麼了，怎們會在這裡？有什麼委屈或是想說的話？阿姨開口說，她在工廠蓋起來之前就死在這裡，很久以前了。」阿聰繪聲繪影地描述，害我不由得起滿身雞皮疙瘩。

我告訴他們，因為我太怕了，今天絕對不許加班，阿聰嘲笑了我一番，下班時機一到，我準時把這幾個兔崽子趕回去，把門鎖起來。到餐廳用餐時，我見到了莉欣，向她問好。今天為了掃地阿姨中邪的事情，莉欣一定忙得不可開交。

「真的很扯耶！沒想到越南也有這種邪門事！掃地阿姨在醫護室的時候說，她在掃廁所的時候，掃到最後一間，一打開門就看到一個女人，長長的頭髮出現在她面前，看不到臉。然後她就沒有記憶了，被發現的時候就在工具間哭，然後就被送來醫護室。」莉欣抱怨了一下，說自己什麼都要管，連卡到陰也要處理。

「是不是好一陣子沒有主管帶著大家一起團拜了？」雖然在國外，台商公司還是有拜有安心。

「是啊，之前的主管超鐵齒，說不用拜。好了，現在又要每個月拜土地公了，忙的還不是我？還要張羅這張羅那！這種鬼事工廠常常會有，你也不要加班加太晚，事情做完了趕快回宿舍。先不要說鬼了，搞不好有小偷跑進去偷東西，那多危險？有時候鬼還比人安全。」講完莉欣對我後方指了一下，順著手指看去是一位上了年紀的阿姨：「不要說越南人了，我們台灣人有時候也要驅魔，那個阿姨是來出差的經理，聽說她就是有點靈力。」

「是嗎？我不信。」我說完便跑去那位經理對面坐了下來。

這位經理戴著金色細框眼鏡，穿著樸素，餐盤上堆滿了像小山一樣的食物。雖然公司餐廳的食物很好吃，但這分量對比她的身材來說實在差太多了。經理是一位開朗直率的熟女，一邊和我聊天，一邊手上的筷子不停地動。她說自己天生就有特殊能力，可以看到靈界的朋友，還可以看到人身上的能量。這些能量有時候會有不同的顏色。每次來海外出差，她都會幫助台灣的同事解決一些靈界的問題，例如住在隔壁宿舍的女生，每天都會被騷擾。她打算等一下去這個女生的房間看看。經理說自己與眾不同，菩薩常常需要與她聯繫，因此她的能量消耗很大，需要吃比較多。吃完飯後，她向我道別，離開餐廳去忙著辦正事了。

孤兒與白猴子

星期天一大早我從胡志明市西邊打車到東邊，就為了參加Dean那神神祕祕的「慈善活動」。

「你不是原本不給我跟著你去孤兒院做『慈善』嗎？」我故意說道。

「喔！因為我女友很期待你加入啊。」Dean表示這個組織希望有各國成員參與，才能幫助更多弱勢，聽到這裡我不由自主地為Dean感到開心，看來他終於交到一個正常的女友了。

「我到了，來接我。」我下了計程車，傳訊息給Dean。

「嘿！我很想去接你，但是我女友剛煮了一碗超級好吃的湯粉，我現在沒辦法離開這碗美好的麵。」接著Dean發了一張他舉著筷子和湯粉的自拍給我。

不久後，我遠遠地看到一個熱情的婦女向我招手，並大步走來擁抱我。她自我介紹叫做Shelly，便拉著我的手進到她家。Shelly的家很大，是一棟四層樓的洋房。她的前夫是一個美國人，據說長得和Dean很像，是個善於經商的人。Shelly利用前夫留下的遺產買下了胡志明市幾棟房子，是名符其實的包租婆。Shelly引領我走向二樓，樓上坐著四個男人和三個女人，Dean像個小皇帝一樣坐在主位，和我揮手打完招呼後繼續吃麵。其他三個男人分別是一個墨西哥人、一個愛爾蘭人和一個印度人，而女人則都是越南人。Shelly也給了我一碗粉，裡頭燉著入口即化的蔬菜，上面擺滿了美味的蟹腳和清脆爽口的豆芽菜，這樣的美食合理地構成Dean忽略我這個好友的理由。吃了一口，味道鮮美，我無法怪罪他。

吃完飯後，我們一個個幫忙將一包包白米、一箱箱奶粉、尿布和日用品從車庫搬上貨車，然後我們騎著機車，跟隨貨車前往孤兒院。一路向北駛去，經過高樓大廈，離開市區，沿著河邊林立的工廠，看著滿是塗鴉的倉庫和被污染的小河，騎了快一個小時到達了郊區，路面上甚至沒有柏油路，只有一條黃沙滾滾的泥土路，最後到達了目的地。大大的門牌上寫著「永隆育幼院（Tam Bình Children

Protection）」，我們一下車就被一位慈眉善目、身材纖細的女士迎接。她似乎很熟悉Shelly，馬上喚來其他同事來幫忙把物資搬下車，然後帶領我們進入育幼院。一進門，迎面而來的是一個看似台灣神明廳的房間，仔細一看才發現中央掛著越南國父胡志明的照片。院長用不太流利的英語感謝我們的幫忙，為我們添上茶水，稍微寒暄之後，我們進入院區，看到一整班學生正坐在教室裡上課。然後，我們走到餐廳禮堂裡，孩子們紛紛好奇地跟著我們。院長邀請我們和院童一起享用午餐，我們幫忙添飯，幾個患有唐氏症的孩子看著我們工作，這時我才發現育幼院裡有許多身體殘缺的孩童。

「這些孩子有些是戰爭受害者的遺族，化學武器讓他們身體有遺傳性缺陷，通常這樣的孩子特別容易被父母丟棄，因為父母連自己都養不起了，何況是照顧會為家庭帶來累贅的孩子。」說著Shelly給我們一人一包糖果，我們開始發糖果給大家，與孩子們同樂。

「雖然這些糖果沒辦法餵飽他們，但是我們可以為他們帶來歡樂。」說完，Shelly帶著大家坐在地上排成一個大圈圈，唱歌跳舞歡度時光。幾個小男生用僅有的英文詞彙告訴我，他夢想未來能成為足球選手。

結束育幼院的探訪後，我們踏上歸途，飢腸轆轆的我們途中在一家餐廳共進晚餐，互相交流、深入了解彼此。這看似是一個慈善活動，實際上更像一場當地人與外國人的聯誼活動，其中墨西哥人來越南主要是為了投資與開發新興市場，愛爾蘭人因為喜愛越南氣候和大自然而搬來，但最後與法國妻子離婚。印度人則是來自一家科技公司的主管，被派駐到越南工作。三位越南女性都是單親媽媽，從事胡志明市的房地產生意與餐廳經營。

「我們其實是一家投資公司，主要是想在胡志明市開餐廳，目前已經成功開了一家。」墨西哥男子充滿自信地遞上一張名片給我：「只要投資一塊錢，一個月後你就會拿到三塊錢。」

「沒錯，現在越南正是經濟起飛的時候，我當年買了這麼多房子，就是因為我很有投資嗅覺！」Shelly 跟著說：「這間餐廳的投資我也有分喔！」

正當我左右為難之際，Dean 忽然跳出來幫我解圍：「她平常都要上班，應該是沒有辦法加入我們的投資計畫。」接著Dean把我拉到角落咬耳朵：「他們其實就是老鼠會啦，平常會請我吃飯，但要求我穿白領階級的西裝參加活動。」

「什麼活動？是英文的？辦給外國人的？」

「當然不是，你沒聽過『白猴子』嗎？就是找外國人打扮得很體面，我會參加他們的說明會，假裝是專家，『誘導』其他越南人投資。」看來Dean這個「甜白」恰巧足以發揮了優勢。

結束晚餐後，我拖著疲倦不堪的身體回到工廠宿舍，原以為這一天已經夠累了，但當我抵達宿舍門口時，看到幾輛警車和一輛救護車，樓梯已經被封鎖，莉欣緊張地站在路邊，其他越南員工則不知所以地忙進忙出。

我走到莉欣身旁，看她一臉嚴肅，嬉笑地開玩笑說：「這不是莉欣嗎？什麼事讓妳週末還加班？」

「靠！出人命了。」莉欣斜眼瞪了我一眼。

「妳開玩笑吧，能出什麼事？」台幹宿舍就像是個平和的小鎮，況且還是週日夜晚，大家都從一郡玩回來，認命地在寢室休息，儲備下週上班的體力。

「是真的『出人命』啦！一個陸幹睡覺睡到一半心肌梗塞，室友睡醒才發現身旁的人死掉了，要是你怕不怕？」

「幾歲的人啊？是年紀很大嗎？」我背上寒毛不自覺地豎起。

「還好，大概五十幾歲，這種事我們都不知道要怎麼通知家人，真的是名符其實地『客死異鄉』。」莉欣也是第一次遇到這種事，但公司應該經驗豐富，有處理既定的SOP。

我心裡想著，很多陸幹大半輩子都在海外工作，又不像台幹一年六趟機票，兩個月就能回家一次，陸幹一年才四趟機票，有些節省的陸幹半年才回家一次，小孩連爸媽的長相都不記得。他們也不像台幹升職就可以住單人房，一堆和我們爸媽差不多年紀的陸幹，還得要兩個人擠一間房。

醫護人員從樓上抬下一位病患，匆忙地送上救護車離開了。這種關係到生死的事態已經超出公司診所的醫療範圍，必須轉送到市區的法國或新加坡醫院。我和莉欣一起走去餐廳的路上，彼此都很安靜。有時候看到年紀較大的同事因為需要賺錢而待在海外，即使身體出現狀況，也得繼續工作。我們這些台幹，也不禁會想到這或許會是自己日後將要遇到的問題：在海外工作所賺取的薪資，在台灣買一間自己一年沒住過幾次的房子，為了讓退休後有個棲身之所——但前提是：得要是能夠活到得以安享晚年的歲數才行。

「你有夠爽的，一來就職級比較高，可以住單人房，我們這些小台幹都要從兩個人一間開始。」莉欣用抱怨打破我們之間靜默的尷尬。

「妳跟室友吵架可以來跟我擠，我房間有兩張床。」第二張床大概是沒地方擺，多餘的床鋪，兩床高低差很大，一張床滾到另一張像滾下一階樓梯。

「不用了，我好不容易熬了兩年終於申請到單人房了，上個月才剛剛搬進去。之前的室友有夠扯的，在越南這麼熱還喜歡穿長靴，每次鞋子脫下來那腳都超臭的！前一陣子還搞出大事，你有聽說嗎？」要忘記悲劇的方法，就是再起頭一個八卦話題。

「你是說我們部門最近離職的員工，好像叫做露娜嗎？」

「嘿嘿，知道她為什麼要離職嗎？」莉欣一臉神密地說：「因為她和一個已婚的廠長搞不倫戀，廠長的老婆在台灣也是白富美，學歷又高，為了和老公在一起，背著老公偷偷地申請了公司同廠區的工作，想帶著小孩來跟先生一家團聚。我想露娜大概也是有惹到總公司的人資吧，我搬走了以後，人資竟然安排他老婆和露娜住在同一間房間，你說扯不扯？人家大老婆一搬進來就看到廁所鏡子上面貼著露娜和她先生外遇的照片。」

「這樣子視覺上實在太衝擊了。」一般在海外工作的婚外戀情，都以為能瞞天過海，真沒想到會是這種方式被元配赤裸裸地揭發。

「是啊，老婆還帶著小孩去總公司陳情，擊鼓聲冤。聽說正宮還和小三展開談判，但露娜冷冷地堅持說是廠長自己纏著人不放。據說廠長現在打算離婚，就算拋家棄子也要和露娜在一起，看這女人多有魔性？！其實露娜在男生的圈子也是滿有名的，我幾次中午回去房間都看到她帶不同的男生回我們房間，聽說她的綽號是『咬妹』——大概某方面很厲害吧？！露娜離職那天坐廠車去機場時，你都不知道有多少男台幹在後面咬著手帕揮淚送別。」莉欣冷笑三聲說道：「而且這種問題人物是我們公司永不錄用的黑名單了。聽說有去應徵其他工廠的董事長特助，但這款，董事長夫人大概不會錄取她。」

在工廠這樣壓抑的環境裡，美麗的面容總是會受到注目。除了在台幹圈備受矚目，露娜在越南員工之間也很受歡迎。我忽然回憶起露娜被迫離職時，我去整理她的桌子要給阿聰用，才發現桌子下黏滿了充滿怨念乾掉的口香糖，可憐的阿聰清理了很久。當時胖胖還跑去搶走露娜的椅子，像小豬尋找松露一樣用鼻子聞了幾圈，心滿意足地趴在她的坐墊上，那豬哥到不行的畫面實在教我記憶深刻。

雞雞公園

//

星期一，一大清早，辦公室空蕩蕩的，只有小雞和胖胖，不但沒見到阿聰，連阿桃也沒來。直到下午，阿桃才帶著阿聰進辦公室。

「你們兩個怎麼了啊？我好擔心。」難得兩個人同時曠職，放我一個人在辦公室。

「當然是這個死阿聰，笨死了。一早貪快逆向行駛，被警察逮了。」阿桃邊說邊手指向阿聰。

「超衰的啦！我想說塞車該騎另一條路，迴轉一下下，就被警察叫到路邊，我怎麼求他都不放我。」阿聰一臉懊悔莫及。

「不是聽說塞點『咖啡錢』就沒事了？」

「那是你們外國人做的，我哪裡來的錢啊？還好有阿桃來救我。」

「你的機車呢？」沒有機車在胡志明市就像沒有雙腳一樣。

「阿聰的機車被警察扣走了，差點還要付罰金，他哪付得起？還要吊銷駕照幾個月，他如果不能騎車，這幾個月要怎麼來上班？」不遵守交通規則只是一件小事，但加總起來可要付出相當的代價。

「對啊，還好阿桃的大伯超罩的。不愧是喝過『洋水』的人，超——罩——的——啦！」阿聰狗腿地誇讚阿桃表示感謝。

「是『洋墨水』啦，羊水是別的東西。」有時候越籍的中文讓我聽得心驚膽顫：「你說阿桃的大伯？」

「我大伯以前是開工廠的，和地方上關係很好，每年都會捐錢給公家單位和警察局，所以他和警察局的長官很熟，工廠的同事們被警察開單常來找我說情，不然大家工資都這麼少了，哪還繳得出罰款？下午再帶死阿聰去領車。」原來整個部門的人遇到這種交通困難，都會來請阿桃幫忙解決。

邊聊，我們幾個人從櫥櫃裡拿出兩盒杯麵，泡上熱水。自從打掃阿姨中邪後，地下小賣部很久沒開張了，因此我總是會準備滿滿一個櫥櫃的泡麵零食。這時阿桃從包包裡拿出一個塑膠袋，裡面是用荷葉包裹著的食品，打開來原來是自己家蒸的、香噴噴的午餐肉，老實說除了超市的罐頭，我沒看過手工做的餐肉。我們奢侈地把餐肉切成厚片，加進杯麵裡一起吃。外頭漸漸開始打雷，下起胡志明市慣見的西北雨，我們幾個躲在室內吹著冷氣，吸溜著熱乎乎的杯麵。

「阿聰，剛剛協理找你，說是品牌客戶看到還沒上市的鞋子在市面上賣，等一下一起去調查。」我邊吃邊告訴阿聰。

「怎麼又是我啊？」阿聰一臉衰樣，覺得又得免費加班了。

「他們要去哪裡找偷拿出去賣的鞋子？」阿桃問。

「有幾家店位在機場附近，專門賣一些非法鞋子的店，要講越南文，講英文進不去，我們通常是去把那些鞋子買回來，再調查是哪裡外流出去的。」阿聰解釋了一下，其實已經幫忙很多次了。

「那什麼時候可以帶我去辣妹咖啡店看看？聽說很多男台幹喜歡去，我也想去看看辣妹有多辣！」我轉過頭開玩笑戲弄地對阿聰說。

「我不要！我不敢去！」說著阿聰的臉漲紅得跟氣球一樣。「你又不是男的你去幹嘛？她們會覺得很奇怪，而且你又不會講越南文。」

「所以我才要你陪我去啊，我幫你付錢，開不開心？」

「不開心！你上班要用我當翻譯！下班竟然連這種事都還要我翻譯！而且，我媽媽說我不可以去那些地方！我媽媽會打我！」阿聰說著撇過頭去吃泡麵。

「這麼小氣！連辣妹咖啡廳都不敢陪我去。」我開玩笑地指著桌上的金魚缸。「那你敢不敢吃金魚的大便？」

「跟金魚大便有什麼關係？那好噁心我不要，老鼠大便我可以。」

「老鼠大便才更髒吧！那很多細菌。」我就是喜歡和他一起開腦洞胡謅一番。

「不會，我吃了的話你給我多少錢？」阿聰忽然間興致勃勃地說。

「我給你二十萬越南盾。」原以為他在開玩笑，便下意識地接下去說。

「好，我吃。」說著阿聰衝到我電腦螢幕後面，抓起一顆乾掉的老鼠屎正打算要吃下去，卻被我搶先一步一把搶下來，順便巴了一下他的頭一掌。

「你這笨蛋，媽媽生給你健康的身體怎麼可以讓你亂吃東西糟蹋！」阿聰被我忽然高分貝的責罵嚇到，而我其實是用大聲說話來掩蓋心裡的羞愧，我怎麼可以仗著自己薪資比較高，就讓阿聰用一點點錢出賣自己？若是等到我年老時，想起現在我讓一個孩子用九塊美金就吃下動物糞便，肯定會良心不安。而且，如果人資主管莉欣知道我讓阿聰吃下老鼠屎，一定會把我碎屍萬段。在越南，台幹的死活莉欣還不會太在意，畢竟都是成年人，應該要會照顧自己，但若是傷害到越南勞工，被品牌認為工廠「管理不當」，便大事不妙了。

下班後，Sophia難得地打電話給我，我接連好幾個禮拜都沒見到她，戀愛體質的她不去約會，竟然難得地想起我這個閨蜜。我們約晚上九點在工廠附近的三角公園喝酒聊天，Dean也一起來。

到了晚上九點多，我走向公園，看到路旁幾個女人徘徊著，長長的直髮在晚風中飄逸，站在既顯眼又不能太明顯的街燈下，踩著高跟鞋徘徊在綠化帶旁，間接光源低調地打在她們身上。才想起這裡是阿聰戲稱的「雞雞公園」，晚上總有許多妓女在這裡拉客。和辣妹咖啡店相比，這裡的妓女年紀比較大。我找了張長椅坐下來等我的派對小隊員們，當我看向公園入口時，剛好看到Dean呈現出一個怪異的姿勢，一跛一跛地走來。

「欸，你住這什麼鬼地方？我一下車就有隻老鼠從我皮鞋上跑過。這隻老鼠大概有十五公分長，我現在還是覺得很害怕……。」Dean一抵達又開始無止盡的抱怨。

「當然，這裡可是工業區，怎麼可能乾淨？你和Shelly怎樣？」為了預防Dean話癆，我趕快轉移話題。

「喔，Shelly，最近她一直想和我結婚，就跟之前那些女人一樣。」

我故意對Dean這麼說：「很好啊，在越南很多女人要嫁給你，回澳洲就沒有這些好事了。」

「是啊，在澳洲我一點都不特別，越南真是太神奇太棒了。但是我從一開始就會跟每個女朋友打預防針說，我沒錢，也不打算結婚。每個女人剛開始都說沒關係，但交往幾個月後就開始和我討論結婚的事，然後緊接著不斷重複地吵架，千篇一律。」

「抱歉抱歉，我遲到了。」幸好Sophia及時趕到，否則Dean又要從認識的第一個亞洲女人開始講起。

我看到Sophia緊張地問道：「妳急著打電話給我怎麼了嗎？是發生什麼事？」

「說來話長，太驚險了，所以臨時找你們出來喝喝酒，順便壓壓驚。」Sophia說完拿起打火機點了一根菸，深深地吸了一口。

「就是啊，我抽大麻的事被公司知道了。」Sophia說完我和Dean被嚇得一身冷汗。

「什麼？妳要不要回台灣？妳身上還有其他毒品嗎？這被抓到很麻煩的，而且我們還是外國人。」Dean緊張地說。

「現在還好啦，就是前幾天和我的藥頭下單，約在我們工廠宿舍門口交貨，這個白癡來的時候竟然沒有帶智慧型手機，通常他們都是用老式的手機，逃避掉警察的追蹤。但是我們一般是用Facebook聯絡，所以他就和我們工廠的警衛借了手機，登入Facebook和我聯繫，聯絡完後忘記登出，就把手機還給警衛，所以警衛就知道我叫大麻外送。」Sophia又抽了一口菸，手還微微地發抖。「然後，今天我們公司的總經理，老闆的兒子，第二代接班人把我叫去辦公室，開頭就問說『Sophia，妳是不是有抽大麻？』我原本想說這次完了。」

「可能就是讓妳把行李整理整理，送妳回台灣，應該不會去報警吧？」我想台商應該不會想要在國外搞事， 盡量私下解決。

「我本來也是以為要捲舖蓋走人了，承認後連忙和小老闆道歉，然後小老闆思考了一下說『嗯，那之後不要把這些帶進公司。』然後就放我走了，我傻眼想說，真的這麼簡單就結束了嗎？」Sophia想這可能是她人生到現在最緊張的時刻：「然後下午的時候在產線遇到一個做品管的德國客人，看到我直接就問說：『Sophia，聽說妳有在抽大麻？』」

「工廠八卦都會傳很快，因為沒什麼有趣的事，但他怎麼知道？」

「他說是小老闆說的。」Sophia說到這裡，露出神祕的表情。「小老闆也抽喔。我追問他怎麼知道的？」

Sophia停頓了一下，故弄玄虛地往下說：「因為他是小老闆的Dealer啦！！哈哈哈哈！然後問我有空的時候要不要一起抽。我到這時才忽然想起——對喔，小老闆是加拿大長大的耶，哈哈哈！」

「所以妳不但沒有身處險境，有了這些『麻友』搞不好升官還比別人快。」Dean捧腹大笑：「妳總是可以大難不死，化險為夷。」

「不要，這個德國人只是個色狼，老婆是小老闆的表妹，我跟他們抽等於找死。」Sophia對空又吐了一口菸，邊說邊笑著，氣氛終於漸趨緩和。

說到這裡，遠方走來一個男人，帶著一個小孩朝我們走來，男人在遠方的長凳坐下，直勾勾地看著我們，小孩的臉髒兮兮的，跑來和我們要錢。我們揮手讓他去別的地方，他不斷地跟著我們，一直到Dean用簡單的越南文幫我們委婉地拒絕他。這個小孩看著我和Sophia，大概沒想到會是由一個白人講越南文來和他溝通。

「我們趕快走吧，我覺得這裡不要待太久比較好。」

Dean一臉害怕的樣子。

「還好吧，只是個小孩，怕什麼？」

「重點不是這個小孩，重點是那個男人。而且誰會在午夜帶著小孩出現在公園，還和人要錢？那大概是黑道，我們趕快離開吧。」Dean的話讓我想起，常常在路邊吃火鍋時，街上會有孩童帶著大把的彩票或零食來推銷。這些孩子中，許多人是孤兒或沒錢上學，有些甚至是被犯罪集團控制賺錢的工具。

「要走了嗎？但我和我的Dealer約在這裡交貨耶。」Sophia剛好把菸捻熄，拿起手機聯絡那個闖禍的藥頭。

「什麼？妳要拿貨？那可以順便分我一兩克嗎？」Dean明明害怕得要死，聽到有大麻還是鼓起勇氣願意再待久一點。

「靠！你真的很俗辣耶，每次都和我拿，都不自己找貨源，又愛抽又怕。」

Sophia和Dean互相鬥嘴，看著這兩個愛吵架又愛一起出去玩的好夥伴，我們都笑得很開心。我仰望著天空，看著明亮的月色，享受著夏夜的微風，以及揮霍自由的感覺，希望時間可以永遠停在這一刻。然而，這是我們三劍客在越南最後一次相聚。

//

註1 Grab是一款行動應用程式，提供訂車、共乘、出租車、摩托車、食品外送、物流運輸等多種服務。Grab在東南亞地區和印度等地擁有廣泛的用戶和市場分額，是當地最受歡迎和常用的科技平台之一。

註2 「越南米紙」是越南特色的薄餅，又稱為「越南春捲皮」，由米粉、水和鹽混合制成的米糊製成。

註3 LOL（也寫作lol）是常見的網路用語，laughing out loud的縮寫。意思是大笑「哈哈哈」，常用於社群或簡訊，用於好笑的事情或開玩笑。

第四章

天瘟——過去、現在、歐咪斯K[註1]

歸鄉情怯

//

一年過去了，我被調回台灣總公司。在越南廠區上班的最後一天，小雞瞞著我打電話到附近的華人餐館，訂了一隻肥碩的油雞。胖胖在包包裡偷偷藏了幾條越南麵包偷渡進辦公室，阿聰跑去買了條黃瓜，幾個人分工準備了一場離別宴。中午的時候，我們就在辦公室裡找了些廢棄的網布材料鋪在地板上，一盒盒切好、肥嫩的雞肉在每個人手上傳來傳去，配上切好、冰鎮過的黃瓜。小雞拿著一袋用雞骨頭熬燉的鮮粥，穿梭在人群中為每個人倒上一碗。我叫阿聰去買冬瓜茶請大家喝，這款冬瓜茶很甜，配料是長條形像麵條一樣的仙草，偶爾會在這款飲料裡咬到沙子，搭配著滿滿一杯的冰塊，足以抵抗越南的高溫。

「你不要走啦！走了誰跟我們聊八卦？」胖胖一邊說，但還是不忘猛吃，因為可能晚餐又要餓肚子。

「那我都要走了，要不要再多跟我說些八卦？」

「好啊，你知道那個新來的台幹 Justine 嗎？動不動人就不見，也不知道跑去哪裡偷懶的。」阿聰夾了一塊雞肉，撕咬雞皮，嘴唇沾滿油亮亮的雞油，同時一邊眉毛得意地挑動。

「那個 Justine 和針車組的一個女生在拍拖耶，好像常常下班會去約會，說什麼只是散散步。然後啊，那個女生其實早結婚了，先生剛好也在樣品室，還是裁斷組的，有沒有很刺激？」小雞不讓阿聰獨秀這支八卦，故意打斷他講下去。

「對呀！聽說先生還跑去找 Justine 警告他，這個在我們越南圈子都傳遍，你大概是台灣人第一個知道的，有沒有很夠意思？」阿聰沒想到小雞把第一手八卦搶走，趕緊接著繼續說。

「女生漂亮嗎？是華人嗎？會講英文嗎？快點給我看照片！」身為一個還沒聽過這個八卦的受眾，幾位八卦媒體爭相奪取「首刊權」，我只想要「有圖有真相」，看看到底是何方美女可以造成如此大的波瀾？

「這女生可漂亮了，每年我們工廠都會有奧黛[註2]小姐的選美，她是去年第一名喔，腿可長呢，大概抵到小雞的下巴。」胖胖說完立刻被小雞揍了一拳，亮出照片證明這位廠花不是浪得虛名。想必台幹們在產線的茫茫人海中，一眼掃去，只會看到這張鵝蛋臉。

「別說八卦了，想當初你剛來的時候，大家都說都你是沒什麼氣勢的台幹，應該也像其他人一樣，撐不到幾個月就回台灣了。」

「我不想要你走啊，可是看這裡這麼多女主管年紀一大把了還嫁不出去，你呀還是趕快回台灣結婚吧。」小雞一邊說一邊用手捏我的臉。

我們就這樣輕鬆地吐槽，同時回憶這一年多采多姿的種種回憶。看著這一幫每天一起見面的同事，想到幾個小時後就要飛回台灣，心中不禁感嘆不知道下次見面是何年何月？吃完飯後，大家依依不捨地和我擁抱道別。我把電腦和辦公室鑰匙還給總務，一個人回到宿舍整理行李，等待晚上返台的紅眼班機。

接近午夜時分，司機出現在宿舍門口，幫我把行李搬上車後，驅車到胡志明機場。沿路我看著胡志明市的街景，路樹下的雜亂停擺的摩托車，法國殖民統治遺留下來的歐式建築，被人隨手亂丟的垃圾，美與醜我都心懷不捨。下車後，當我正從後車廂抬下行李，這兩箱是一年來的家當，在海外當台幹，我永遠保持在兩箱以內的生活必需品，因為候鳥遷徙的目的地隨時可能變動。當轉身想去路邊推行李推車，忽然兩具不明身影衝出來搶我的行李。我心想怎麼連最後一天還遇到小偷？仔細一看，沒想到是阿聰和小雞！

「你覺得我們會這麼沒有誠意、給你吃個雞飯就讓你走人嗎？」阿聰拿出三杯荔枝蓮花冰茶：「來啦！我知道這是你最喜歡的越南飲料，怕你回去就喝不到了。」

「你們特別騎機車到機場？很遠耶！還大半夜的！」這兩個小傢伙現身讓我又驚又喜。

「還不都是這個笨蛋，叫他先查你的車子司機和車號，居然給我忘記！只知道大概幾點到，我們還早到半個小時在對面等。」小雞賞了阿聰腦門一個巴掌說：「還好我眼睛利，這一排十幾個接駁點，一看到你下車，就立刻衝過來。」

「不要這樣，至少這個來送機的提議是我發起的，給你一個驚喜啦。」說著阿聰把飲料塞到我懷裡說：「好啦！快點去報到登機，不然飛機飛走了。」

「你們這些傢伙，結了婚要跟我說，我一定會飛來吃喜酒。」我接下飲料後，依依不捨地給他們緊緊的大擁抱後，三人開心地最後一次自拍。

「你才是，我之後要去台灣唸書，吃你的喝你的住你的，別忘了。」阿聰鼓起胸膛，大聲地說著。

「少來，你這麼愛家人，怎麼可能出國。唸書唸個屁啊？」我說完後，帥氣地揮了揮手道別，一個人走進了機場。兩個小傢伙目送著我拖著行李，走到櫃檯Check-in。

唉，這些小鬼，這幾杯飲料也得花掉大半天的工資呢！還說之後還要娶老婆，怎麼就是不懂得存錢？實在很想把這杯飲料帶回台灣，連帶著這分心情一起永遠保存著，但就要進安檢站了，若不喝完恐怕也只能丟掉。想著便拿起吸管，率性地插爆杯蓋，爽快奢侈地大口喝進一口冰茶，口中香氣四溢，越南特有蓮花茶為基底，罐頭荔枝的酸甜搭配人工香味，有著天然的人情味。

口音一致產線

//

搭乘紅眼班機足足折騰了我整個晚上，出境入境，幾乎沒有闔眼，早上到達桃園國際機場時，同一只熟悉的皮箱被我拖上高鐵前往中部的工廠宿舍。胡志明市的喧囂對照出台灣中部鄉鎮的寂靜，我補眠了一整天後，隔天直接上班報到。過去我都在海外工廠工作，第一次置身全部都是台灣人的產線，充斥台灣口音與台語的工廠令人有點不習慣，甚至無法置信。無法從一個人的口音與國籍來分辨階層，是一件奇怪的事。

我的兩位新同事，一個叫水鬼，另一個叫大科。水鬼和我同年，家境很好，被叫做水鬼，是因為他戴著一隻勞力士水鬼錶[註3]來工廠上班，開著一輛賓士跑車停在公司的停車場裡，常常引起產線其他人「關愛的目光」。水鬼大學畢業後被送去英國某座小城唸碩士，小城市沒地方去，除了努力唸書以外，都待在宿舍裡喝酒。在英國，身為華人的水鬼常常被欺負，感覺什麼事都矮人一截。畢業後，水鬼直接到越南工廠當台幹，在越南所有外派的外國人都代表了高收入，因此當時的水鬼也成為許多當地女孩們眼中的多金王子。在越南外派了幾年後，水鬼沾染上外派台幹的壞習慣，吃喝嫖賭樣樣來，都把身體搞壞了，最後被家人下令召回台灣。

水鬼喜歡和我聊天，常常重提當年在越南的往事。人對時間速度的感受很有趣，走走停停，時快時慢。若是有人三不五時總是說到過去的某一段生活，例如唸書、當兵、球隊等時期，代表日常時間雖然繼續向前，但心理的時間還停留在某一段過去，話題也總圍繞於此，希望用相同的模式繼續生活。而對於水鬼來說，人生最自由、開心的黃金歲月就是在越南度過的。也許，一個人呱呱墜地、生長成人的地方並不代表那就是真正的歸屬，心之所屬的地方才可以稱之為「家」。水鬼總是說，越南才是他的「家」。

另一位同事大科是我的助理，大科是土生土長的台灣南部囝仔，克勤克儉的應屆畢業生，沒有辦過護照，最遠去過的地方是澎湖，夢想是在三十歲成為魔法師[註4]之前交到女朋友。他的單純且善良，總讓我想起阿聰。

「欸！台北景氣是有這麼差嗎？要跑來我們這種小地方，台北現在薪水多少？」一個本地的大姊走到我旁邊拉起喉嚨便問：「首都現在一碗陽春麵多少錢？」

在中部，我是個外地人，原以為回台灣就不會有族群差異，其實小小一個島，也可以戰南北。在海外被區分為外國台幹與本地籍，沒想到回到台灣依舊是個外人。

「那個大姊真的很喜歡找你麻煩。」大科尷尬地安慰我。

「好啦，誰不是了為五斗米折腰？他們不像我們出過國，見過大風大浪，不要跟他們計較。」我其實有點羨慕水鬼，返台面對同事依舊可以用台幹的殖民態度相處，簡單粗暴。

「對啊，都是為了五斗米折腰，還好這裡有十斗，工資滿甜美的。倒是水鬼你，不用像我們這樣辛苦，幹嘛要來上班？做身體健康的嗎？」

「你猜對了——我還真的是來做身體健康的。在越南外派時太開心，把身體都搞壞了，就是來這裡領錢養身體的，這裡鄉下這麼無聊，我每天早睡早起，還有時間運動，趕快身體養好了馬上買機票回去越南，當我的越南王。」水鬼充滿自信地說：「回去第一件事就是和朋友在胡志明市開一家酒店，當上班族幹嘛？領這分死薪水，錢這麼難賺。」

「你真的太誇張，要戒酒戒菸啦，根本酒精中毒。或是可以改用點軟性的東西像是大麻或笑氣氣球，比較不會上癮，對身體傷害也沒有這麼大。」身為一個在越南生活過的台幹，我忍不住給水鬼一些比較「養身」的玩樂建議。

「哈哈哈哈！」水鬼大笑了幾聲，緊接著冷靜地說：「我就是用太多氣球才變成這樣的！那時候工作壓力太大，看人家吸笑氣，試了幾次覺得不錯，不像喝酒，又不會變胖，乾脆買兩個鋼瓶放在宿舍自己灌氣球比較便宜。打電話叫貨，廠商就送來了，超方便的。」

「你到底是吸了多少？不是只要適量，其實是安全的，聽說醫學治療也會使用笑氣。」我聽了大吃一驚，還沒聽過氣球使用過量的例子呢！

「恩，那時我真的滿誇張的，因為擺在房間裡真的太方便了，一天少說大概會吸十顆到二十顆，真的很舒服啊，但是沒過多久就開始發現呼吸不到空氣，好可怕。然後我就被送去胡志明市的法國醫院好幾次，花超多錢的，比生小孩還貴。最後才回台灣治療，當時發現末梢神經已經受損了，做了好一陣子高壓純氧治療，像太空人的那種壓力艙。現在撿回一命，可以過一般人的生活，已經心懷感恩了。」

聽著水鬼訴說著自己的經歷，感覺就像聽他描述某個外人的笑話一樣。雖然外派生活讓人孤單寂寞，但是無拘無束的狂野生活叫人難忘。胡志明市的空氣污染、暖心的好友以及如家人般的同事都讓人很懷念。其中尤其是「外國人」那特別的身分，讓人難以忘懷。

不明肺炎

二〇一九年，中國出現不明肺炎首案病例，醫方尚未研發出有效疫苗或是特效藥，卻已經有大量武漢地區病患死亡。

「回台灣之後一切都好嗎？」難得Dean在社群媒體私訊我：「你為什麼都沒有幫我的貼文按讚？」

「最近比較忙啦。」我心想，這傢伙每天發十幾個夭飽吵的廢文，我早就噤聲他了。

「Sophia好嗎？」

「你不在之後，我們玩得更兇了。」Sophia原本只有喝酒、抽大麻，上次看到她時開始吃搖頭丸，聽說她每個月都把日支費花光光，還被公司資遣了。

Dean 接著說：「你有沒有看關於武漢肺炎的新聞？專家表示這個病毒將不會被消滅，會與人類永恆共存耶！」

「台灣和越南都是防疫資優生，目前都還沒有太嚴重的疫情，不要太緊張啦。」

「我覺得東南亞很危險，所以買了張機票，下週回澳洲。」Dean 這隻膽怯的小豬十分焦慮。

Dean 總愛把「自己被越南解救」掛在嘴邊，現在逃難如光速一般。我心想：「原來你的『家』還是澳洲啊。」

二〇一九年底時，中國各地方的肺炎疫情達到高峰，封控讓許多大小工廠紛紛關閉，材料供應商大斷線。加上中國農曆新年即將到來，春運可能加劇疫情傳播，被隔離的員工數量激增，無法返回工作崗位造成大規模缺工，即使有錢也難以請到人。各大品牌公司初期在部署全球化生產時，應該沒有人想到全球供應鏈竟然如此脆弱，要讓供應鏈順暢，每個地區的生產力都缺一不可，只要缺少一個配件，或是其中一個環節延遲，就可能導致整個製造業停擺，成品無法出貨。中國嚴重的疫情，對其國家的工廠也造成不小的傷害。有些公司更趁勢裁員，我們公司也不例外，而我的工作依舊需要和海外工廠打交道。

「哈囉！請問美麗又可愛的莉欣在嗎？。」

「北爛。一聽這聲音就知道是你，怎麼有空打海外電話給我？」莉欣接電話還是不改她出口成「髒」的直率性格。

聽到莉欣還有精神飆我髒話，代表她過得還可以，可說是令人安心的問候語。「想問妳認不認識我們中國工廠的人？有個配件得出貨，請他們幫我查一下時程。」

「哪一個廠？湖北的嗎？他們那疫情嚴重，公司已經裁員了四千多個員工，引發規模不小的暴動，過幾天再探探情況吧。」莉欣無奈回道。

「是那個才開設不久就因為疫情停工的廠嗎？」感覺是名正言順的關廠，一方面也沒有產值，不如之後再東山再起。

「是啊，越南這邊搞不好也又要罷工了，真羨慕你回去台灣了，我們都回不去。」莉欣是真心羨慕我，但現在工廠都外移了，台灣即便有職缺也是難能的稀缺。

「又要罷工？還是妳學學那個台幹阿輝，也交個越南男朋友啊！真的有危險還可以保護妳。」這位阿輝，就是一起釣蝦的台幹阿輝，不知道他和越南波霸女友的熱戀後續如何？

「那個阿輝？別說了，被騙了一屁股債。」我彷彿看見莉欣在電話那一頭翻了個大白眼：「對啊，剛開始的時候說什麼老家屋頂壞了要修，阿輝給了她二十萬，之後又說要兩個人合開什麼海鮮快炒店，又要阿輝拿五十萬。」莉欣以不可置信的聲調說：「阿輝錢不夠想跟我借十萬。」

「妳有借他？」

「廢話，當然沒有啊。但阿輝執迷不悟，還到處借錢，然後給完錢後，那個女生就消失了。」莉欣在海外工廠，這種常見的迷魂套路見怪不怪了。當然也有許多情侶修成正果，但阿輝顯然不是那些幸運兒之一。

「聽說老劉被卡在中國回不去越南？」新聞報導由於中國疫情緊張，越南直接不讓中國人入境，這代表海外幹部又要人力短缺了。

「是啊，這些過年返鄉的陸幹都被貼上帶有病毒的標籤，中國疫情又這麼嚴重，越南人嚇都嚇死了，到時之後開放入境，可能又要因此罷工了。」莉欣無奈地說：「公司立場又不可能不給陸幹回去團圓，畢竟中國人最重視的就是春節。」

「公司本來就不喜歡這些陸幹。聽說有些績效不好的員工，公司就給他們無限期留職停薪，看想要自己離職還是申請退休？之後就不補了。」想到老劉除了家庭，還有產線的女朋友要養，真令人擔心啊。

全球事務

//

時過不久，中國用武力封城的策略控制了疫情擴散，而COVID-19病毒已然無預警地開始在亞洲蔓延、擴散，包括泰國、南韓甚至包括日本，各國都發布了緊急宣言。

當時西方國家還認為這是「亞洲的病毒」，新聞報導為「亞洲事務」的時候，病毒早已開始悄悄地蔓延到歐洲。義大利首當其衝，接著擴散到法國、德國與英國，歐洲在面對疫情時手足無措，英國專家甚至在沒有解藥的情況下提出讓六成人民染疫，以獲得群體免疫的提議。法國二戰之後首度派軍隊上街，以平定區域不安與落實封城。台灣因為有過去對抗SARS的歷史教訓，加上地處海島，只要關閉國門嚴加控管，儘管鄰近中國，仍然沒有本土感染病例。

台灣工廠設在鄉下，宿舍附近一大片農地，晚上只有暗光鳥一聲聲的叫聲更顯得寂靜，搭配其他工廠排放的廢氣，以及田間的豬屎味，即便緊閉門窗，依然會從空調風口灌入。工廠的宿舍採軍事化管理，定期會有舍監進來檢查環境，住宿需輪班打掃廁所與公共區域，晚上門禁是十點半。這生活其實就是比住家裡差，但比當兵好。宿舍生活規律，運動、洗澡、洗衣服、數饅頭等放假。我靜靜地躺在床上，兩人一間的宿舍，我和室友一個抬腿一個滑手機，瀏覽著西方媒體風風火火的疫情報導，與台灣的一片寂靜形成強烈對比。

「欸！最近好嗎？我超無聊的。」我打開手機，竟然收到Sophia的簡訊。

「我很好啊，怎麼啦？聽說妳被資遣，離開越南了？現在妳人在哪？」在鄉下無聊到發慌的我，收到老友的訊息真是興奮極了！

「我找到新工作了，現在在英國出差，主要做醫療器材，剛好公司派我來培訓。靠，恁祖媽有夠衰的，沒想到遇到疫情！光是今天就有兩萬多人確診，六百多人死掉，我嚇到都不敢出門。我現在不怕病毒，反而比較怕人，極端的人比病毒恐怖。歐洲已經分崩離析，英國開始封城，學校商店都關了，只有少數人在街上走。」

疫情爆發後，全球開始競相爭搶醫療資源，沒有人預料到最簡單的隔離衣和口罩竟然成為了戰略物資。歐美先進國家產業外移得早，依賴全球產業鏈的結果竟是無法及時生產醫療物資。許多歐美知名品牌在地工廠臨時修改生產線，改為製作口罩，但卻缺乏口罩的原物料而無法生產。而台灣竟然因為有台塑，政府緊急宣佈國家級禁令，禁止出口物料，因此保有原物料，全力生產 PP 不織布。在全球醫療資源匱乏，政府都手足無措的情況下，台灣自給自足的產業鍊即時提供人民充足的支援。

「現在地鐵站也關了，這裡的種族主義者超可怕的。說到口罩，我今天帶著口罩去雜貨店買東西，一個陌生人走來，一把抓下我的口罩。兩個禮拜前我出門，一天以內被攻擊了五次，我幾乎沒辦法好好的帶著口罩回家。也有其他朋友都在路上被攻擊，就只是因為他們也戴了口罩。」Sophia 既害怕又委屈。

「妳都敢在越南跟越南女生打架了，妳也會怕喔？」想到兇悍的Sophia也有吃驚的時候，讓我忍不住挖苦她。

「靠，你很賤。在這裡，我也有一些朋友開始有肺炎症狀，但是因為不嚴重，也沒辦法篩檢，大部分都只有被告知在家自我隔離七天。真的人心惶惶，我猜很多人都已經被感染了，但是不是有自我隔離也無法追蹤。我現在都只外出採買日用品，然後回來徹底消毒。」

Sophia才搬出一個比較多人的宿舍，現在住在單人公寓，因為之前真的無法確定人進人出的室友們到底有沒有受到感染？或是他們在自我隔離？而那個宿舍大概住了四百個醫療相關從業人員，還是公用衛浴。有些人症狀一直加重，有些醫療人員說他們在醫院裡戴口罩救人，但覺得不舒服就脫掉了，完全沒有防護，真是太荒謬了！有些在第一線的醫護人員甚至沒有被教育必須穿上隔離衣，他們沒有足夠的防護裝備，有些人被告知不許洩漏醫院資源短缺的訊息。然後已經有部分醫護人員開始撤離宿舍，無法相信第一線的醫療人員如此被對待！緊接著，然後搬到亞洲社區，終於可以好好戴口罩，不被那些種族主義者騷擾。

英國新聞媒體在疫情擴散一開始時，宣稱戴口罩對預防新冠病毒沒有用，但疫情爆發之後，卻說口罩生產跟不上需求，基本上大家還是不習慣戴口罩，但是又很恐慌，戴口罩就是病人或亞洲人，而社會上對兩者都帶有惡意。

「我有很多亞洲朋友回去自己國家了，但是搭飛機受到感染的機會可能更大，我們現在也超怕機組人員的。基本上酒精或口罩已經都買不到了，消毒用品和食物在倫敦非常匱乏。連廁所衛生紙也是供不應求。」

英國專家的解決方案，是讓超過百分之六十的民眾染疫[註5]，產生抗體，就會出現群體免疫，但老人或其他弱勢應該要待在家裡。甚至看到一則BBC的新聞，教導民眾如果在疫情期間的安全性行為是：戴口罩做愛。

「以當今英國政府的政策來看，基本上所有人都會被感染，只是時間早晚的問題。我目前所有受感染的朋友都是輕症，聽說輕症患者只會有感冒的症狀，然後就可以免疫了。說實在，我其實有點希望可以趕快罹患新冠肺炎，然後祈禱自己只是輕症患者，現在我能做的只有好好吃、好好休息，增加自己的免疫力，即使受到感染都也可能不要轉變成重症。」Sophia 十分擔心，畢竟身為老菸槍，算是高危險族群。

「這大概就是所謂的『佛系防疫』吧。聽說查爾斯王儲也染疫了？」

「這時候誰還在乎查爾斯啊？如果是受人愛戴或景仰的皇室成員，像是伊麗莎白女皇。首相強森也確診了，病毒是不挑貴賤的，人人平等，這就是現在的倫敦，搞不好很快連世界霸權中心的美國總統也中標？」

幾個月後，疫情果真開始侵襲美國。運動品牌關閉了所有門市，股市跳樓式崩跌，所有運動賽事與慶典都取消了，連日本奧運都停辦順延。由於禁止所有群聚，餐廳除了改做外賣，倒閉的浪潮席捲各地，各個公司開始裁員，失業率攀升。群眾暴動愈演愈烈，除了反對政府的封城政策，許多不良分子趁機縱火、砸店和搶劫，最後更演變成種族對立問題——過去，當病毒還侷限在武漢時，中國被分為武漢人與非武漢中國人；當病毒擴散到亞洲時，亞洲被分為中國人與其他亞洲人；當病毒擴散到世界時，世界分為亞裔與非亞裔。當全美國都在害怕這未知的病毒之際，暫時關閉的商店被暴民非法破門闖入，一箱箱地把鞋子與奢侈品搬走，甚至搶到摔倒、打架、縱火，公權力蕩然無存，種種都被錄下來上傳到社群媒體上。相較之下，越南罷工還比這些暴亂事件平和得多些。

疫情發生後，西方品牌懸崖式砍單，工廠幾乎都沒什麼訂單，已經下訂的單也都寫信來砍光光了。某些台資工廠，品牌一砍單，工廠也立刻砍人裁員，因為不想付工資，又不知道訂單什麼時候回來，反正遣散費也沒多少錢，等幾個月訂單回來再找人也不急，便直接在越南解雇了三萬多人，也不想想員工過去為公司帶來多少利潤？多少家庭會立刻沒有收入？

「新聞說連NBA都停了，好像有一個球員染疫。台灣男生早起兩件事：『勃起』和『看NBA轉播』，現在只剩下第一件事了。」水鬼看看手上的水鬼錶，欣賞一下錶身工藝，也順便欣賞自己的帥氣，並無聊地等下班。

大科說完衝著水鬼挑眉：「水鬼，看你的年紀，早上大概就沒事做了吧？」

「靠，你這個菜鳥，沒NBA看才不是重點，我看的是『大局』，現在所有的產品和代言都沒了，我們公司損失慘重，今年的年終分紅大概是沒有希望。而且聽說品牌客人的美國總部和倉庫都有人中標，所有人都在家工作了。」

愛迪達第一季獲利慘跌百分之九十六，這不就是第一季直接蒸發掉的意思嗎？第二季可能也會減少四成。因為砍單，一些越南的工廠開始放無薪假或是減班，一天才上三天之類，有些工廠超過三千人放無薪假，都已經開始罷工了。嗯，嚴格來說應該不是「罷工」，而是堵住廠大門希望「求工」。之前越南的同事們，薪水已經這麼低了，要是再放無薪假，不知道他們該如何餬口養家？

「我們公司也把外派的員工都送回來了，還提供專門的隔離衣、帶隔離眼鏡，裝備感覺比很多國家前線的醫療人員還好，真是諷刺。」大科原本就是公司的信徒，現在大科又更慶幸自己進了一家把員工當成家人的好公司。

「聽莉欣說，有一個外派緬甸的台幹回來後確診，還上了新聞。緬甸的工廠也很嚴重，聽說回來前一晚還跟當地幹部吃飯，其中一個幹部在他回來第二天就確診死了，感覺真的不知道該怎麼面對。」畢竟我也曾經是台幹，想到這裡不由地起雞皮疙瘩。

「以前罷工、遊行、燒工廠，公司都有SOP應對，遇到全球化的病毒侵襲可是第一次，所有人都來不及反應。我們這些台幹啊，如果在國外發生什麼事？大概就是變成一條條的新聞而已。」水鬼說著，揣起了一包菸：「我的放風時間到了，再去幫你們打聽點消息。」說著走出廠外和其他主管抽菸去。

有時候我真的不得不佩服Sophia的預言能力，或者應該被稱為「烏鴉嘴」的能力。各國政商名流陸續染疫的新聞出現在媒體各大版面。半年後，果然地表最高權力領袖，美國總統唐納．川普也確診。各國也再次出現疫情高峰，更多不明感染源的社區傳播，負壓病房爆滿，病人擠滿急診室，醫護人員、加護病房與醫療資源嚴重不足，瀕臨崩潰邊緣，醫師被迫選擇放棄無法急救的病人，惡性循環造成死亡率飆升，火葬場堆滿來不及焚燒的屍體。當病毒肆虐太久，甚至產生無症狀傳播，增加傳染機率，防不勝防，病毒傳播的模式就像是上帝寫的程式，不斷地在各地複製並重複執行。

世界上的貨運非常便捷，病毒擴散的速度因此增快，有人的地方就有病毒，病毒逼使許多國家實施封鎖措施。人類近代少有這種全球性災難，除了疫情以外，各地開始出現許多有趣的新聞，有些地區的野生動物因為人類封城，而在郊外大量繁殖，被大自然成功復育。不少人戲稱疫情是地球的自我淨化，人類工業化後百年來無視大自然的過度開發，人大概才是地球的病毒吧。

有些國家失序的地下社會，反而建立了與公權力無關的秩序。日本黑道為了不給國家添麻煩，而拒領補助金。義大利政府封城無配套而大亂，反而是黑手黨挺身而出發放救濟物資，維持秩序並規定人們遵守戴口罩與保持社交距離的政策，肩任起保護人民的責任，無論是哪一種人，人類開始自覺必須無私的互相幫助才能共存。

無論如何，好消息終於傳來，疫苗在聖誕節來臨之前，終於在英國與美國問世了，航空與旅遊業的股票短暫地開出慶祝行情，隨後依然持續下跌。

在病毒肆虐之時，所有國家都像在和看不見的敵人打仗，忙得焦頭爛額、自顧不暇。疫苗成為人類抵抗病毒的武器，但病毒變異速度也不遑多讓，像兩位僵持不下的賽跑選手。世界各地不斷傳出災情，全球產業鏈不斷地重複缺料與停工，生產步調走走停停。

其中，除了生產鏈以外，運輸更扮演關鍵的角色。即便生產如期完成，卻找不到貨櫃運輸到全球，無數勞動力製造的產品功虧一簣。就算貨品運送出去了，歐洲、北美與東北亞因為疫情嚴峻，第三世界國家完成的商品出貨到第一世界國家，由於限制疫區的船員入境，貨輪被攔截在當地採檢，進行人員隔離，導致無法回航繼續送貨。

另一說法，是各國為了運送疫苗與醫療物資，將大部分貨輪綁在自己國家，不願意讓貨運船離港。才會造成貨櫃一櫃難求，空運又因疫情斷航或減班，全球產業斷鏈造成民生物資價格飆漲，難得地讓專家與民眾開始同步反思全球化的病兆。

又過了半年，歐美疫情趨緩，中國疫情再次被暴力封城控制住，原本大舉遷出中國到東南亞的製造業，因為東南亞疫情升溫，復將生產鏈遷回中國。此時，哪個國家能守住疫情，就能守住經濟，產線就在各國之間遷徙。

雖然染疫不分尊卑，但對於貧窮國家的影響，確實比在富裕國家更嚴重。歷史不斷迴圈，人口密集的印度成為新的人間煉獄，醫療資源崩潰，醫院無法救治病患，家屬只能在黑市高價搶購氧氣瓶和藥品。屍體堆積如山，火化場無法應付，紛紛登上各國媒體頭條。兩、三天內確診人數就超過了百萬人口。窮人無法火化屍體，只能將其丟入河中。然而，才度過慘烈疫情的先進國家，面臨本國經濟斷垣殘壁，早已自顧不暇，對於人口密集、低端經濟的國家，也只能盡可能地提供援助。

新的口罩分配制度實行後，上班出外都得戴著口罩。口罩在當時依舊是配給制，一個人一週限購三片，甚至引發搶購潮。口罩必須重複使用，公司直接調動工廠版師開版，發揮創意，生產口罩套，設計外觀為一般口罩，但多了夾層，可以把珍貴的醫療口罩夾在中間，髒了就清洗外面的口罩套。每人發兩副可以換洗使用，工廠外的人想買都買不到。

「欸，我昨天聽一個朋友說，他們的印度工廠一位台幹染疫死掉了，其他同公司的也有十幾位台幹染疫耶，靠！」口罩把水鬼的臉壓出了一道壓痕，讓他總是一臉缺氧欲睏的樣子。

「我看到新聞，一堆公司現在都找不到人去印度，產線一團亂。還聽說有一家公司貼出徵才，現在去上班，一個月直接付一般公司平時外派一年的薪水，大概七十二萬，還是我們一起去？撐一年就可以賺八百多萬喔！」大科抬頭說道。

「之前隔壁辦公室的老李才說，他之前外派印度還得了兩次瘧疾，如果抵抗力掛點，再有錢也買不回來。我看這根本是要把人騙去外派，接著不管你的死活。重點是，疫情之下就算在海外安排台幹，又能做什麼呢？」水鬼說得沒錯，這個時候台幹外派，不懂當地語言還能做些什麼？大概關在宿舍裡不敢出來吧。

「唉，我們這種就是人肉鹹鹹，爛命一條，像古時候的水手一樣，之前我工作的公司還有工廠在非洲呢！非洲還有伊波拉病毒。我靠！致死率百分之九十！得一次就登出遊戲了，不用玩了！」

「俗話說的好：『富貴險中求』，但也要有命花啊！台幹外派時最高指導原則——可以傷心，可以傷錢，絕不傷身！」

「聽說越南疫情也開始變嚴重了，出現新的變種病毒！好像是混合英國變種病毒Alpha和印度變種病毒Delta，結合兩種病毒特性，感染力不是普通的強大！」水鬼擔心地說，畢竟越南是他第一個家，台灣才是第二個。

我突然擔心起越南的那幾個小屁孩，馬上打外電給小雞問問近況。

「你怎麼這麼可愛！都回去台灣了還打電話來關心我們，好感動！」小雞接到我的電話興奮地說：「越南也開始出現病例，我們都好害怕，超不想來上班的。但也不行曠職啊，不然就沒薪水啦！」

「前幾天有一波感染，一個員工住在前江，她的先生確診，然後整個部門都停工了，公司上了越南新聞頭版耶！畢竟公司有五、六萬人，是胡志明最大的公司。前江那邊說公司裡也已經有十三人確診。聽說被停工的廠區有小規模的罷工，但是也是鬧一鬧而已。」

「完蛋了，我們可能也要被捅鼻子了。」胖胖在旁邊插話。

「走開啦，胖子！公司有說會給我們打疫苗，但連根針頭都沒看到。」小雞埋怨道：「但是在全世界都欠疫苗的時候，也只能等了。」

工廠充斥著各種謠言和陰謀論，聽說很多員工打完後身體不舒服不來上班，因為太多人請假，公司因此不給員工打疫苗。我也只能安慰他們，比較可能因為疫苗短缺，我在台灣也在等疫苗呢。

聽說有些工廠怕停工，搭帳篷讓員工住在工廠裡。雖然停工就沒薪水，但產線比起停薪更怕感染，寧願不上班，停了五條大線，產能[註6]慘兮兮，直接崩跌少了八萬雙。歐美疫情已經好轉，開始下單給工廠，反而越南工廠疫情大爆發，做不出產能，依舊是一場空。

「阿聰呢？怎麼這麼安靜？」我點數著小雞們，才發現少了一隻。

「阿聰早就離職啦！他去台灣了，沒有聯絡你嗎？」小雞笑著說。

我以為阿聰只是開玩笑的，沒想到這傢伙真的和家裡籌了二十萬塊台幣來台灣。

疫情失守陣線

//

沒過多久，越南的疫情正式失守。持續停工了一個月依然沒有效果，每天確診從幾百人飆升到上萬人，許多公司都已經把訂單轉到其他國家。

看到公司往來郵件，越南依然在停工，我忍不住用微信私訊小雞：「越南疫情是不是很嚴重？你們都還好嗎？」

「這裡真的很嚴重耶，停工好久了。之前聽說加工廠的產線有一個人確診，一傳開所有的工人都不敢待在工廠裡，畢盡工廠人這麼多，大家嚇都嚇死了。」小雞說著，一邊傳影片給我。

影片中，黑壓壓的工人群聚在一起，看起來十分恐慌，其中一個跑得快，往大門飛奔跑去，卻被擋在門內。由於不是下班時間，守衛死命不開門。接著，幾十幾個工人乾脆徒手用蠻力，合力把鐵柵門推離軌道，開了一個人寬的小縫，接著一個個工人從小縫側身擠出來，慢慢地整個工廠的人都跑光了。這應該也算罷工的某種型態吧？

「我今天在台灣的越南餐廳想買米紙，老闆娘說連越南都缺貨了，怎麼可能賣給你？我就想到妳和胖胖會不會沒東西吃？」

「不要說你，我們也好久沒有吃米紙了。因為我們平時不會把米紙當存糧，要存都存其他吃得飽的食物。米紙工廠大概也關了，不知道什麼時候才可以再吃得到米紙。」胖胖擔心地說著，畢竟這是非常時期，搶糧都來不及了，封控又不知道多久？

「樣品室已經有一個人病死了，也聽到你們台幹和陸幹病死的消息，目前總共已經累積到七個人。」不要說吃了，小雞更關心人身安危。

外派人員向來最害怕的事情，不是罷工就是生病，從來沒有想過會有大型疫病出現，比前幾年罷工造成的死傷和損失都更加嚴重。

「都停工了還會感染？這些台幹怎麼會確診？該不會跑出去找二奶或女朋友？還是廚房阿姨確診，煮飯傳染給大家？」我百思不得其解，停工時外派人員都待在宿舍，病毒到底從哪裡鑽進去的？

「你猜錯了，是一些平常不管越籍員工死活的主管，這次越籍染疫，他們跑去醫院假裝關心，然後就確診了。」小雞接著無奈地說：「現在聽說你們台幹中標了也都不敢去醫院，因為醫院都是病毒和病患。有些人只是因為其他感冒去醫院診所檢查，最後反而確診了。」

「你們有沒有存款？停工有沒有停薪？要不要匯點錢給你們？」

「目前停工，但現在一個月公司還是有發四百四十二萬越南盾，如果是自己日常生活用還勉強撐得住，但是如果還要養家或繳租，就絕對不夠用了。聽說再停下去，就可能連公司補助都沒有了。」胖胖說到這裡，急著趕快去準備存糧，因為越南將會做更嚴格的封城。

越南政府開始緊急與各國採買調度疫苗，為了不讓全球生產斷鏈，美國、歐洲、日本與中國紛紛捐贈疫苗到越南。MRNA疫苗在各國缺貨，連台灣都還沒有疫苗可打的時候，越南的台灣工廠神奇地搶到疫苗，讓員工優先施打。

在疫情肆虐期間，人們分成兩派，一派人努力希望回到過去的生活；另一派則選擇習慣與病毒共存。疫情剛開始時，越南政府積極地希望能夠把確診數清零，回到零確診的生活。但一旦病毒蔓延，只有少數國家能夠回到零確診，越南在嚴重的疫情之下，希望越來越渺茫，甚至出現許多父母雙亡的孤兒，疫情期間胡志明市增加了兩百五十名孤兒。

經過近兩個月的停工，越南政府考量經濟需求，不得已而決定重新開工。然而開工後，胡志明市及其他南越工業區面臨嚴重缺工，許多工人即使已完成疫苗接種，仍然蜂擁逃離市區。在這場瘟疫中，工人除了恐懼，幾乎一無所剩。許多人選擇返回鄉下放牛，雖然賺的錢少了，但至少能保住生命。

COVID-19蔓延全球第二年的耶誕節，在疫情肆虐下，除了亞洲生產鏈斷鏈，更迎來沒有禮物和聖誕老人的聖誕節。

由於老年和肥胖容易成為新冠重症患者，聖誕老人這種經典形象的老人無疑地是高風險群，而且許多長者因擔心感染而不願意扮演，使得美國聖誕老人的供應短缺。供應鏈國家面臨經濟與人民健康的抉擇，解封會病死，封城會餓死。由於疫苗施打漸漸普及，工廠在滿單的狀態下依舊選擇開工。

病疫開始至今，人類被迫打這場和病毒的長期戰役，疫苗問世但還沒有治療藥物的情況下，病毒篩檢變成工廠防疫的重要關鍵，病毒檢測由複雜的PCR，演進到簡易型家用快篩試劑，這對於工廠控管疫情非常有幫助。只要檢測出有人染疫，產線依舊會停工，病人會被隔離，工廠依舊克難生產，但是比起住在工廠裡搭帳篷上班，或是整條線停工好多了。

此時全世界都被病毒攻陷之際，台灣依舊執行邊境管制，因此創造了更多時間做準備面對病毒。但是病毒是無孔不入的。在二〇二一年初，桃園機場成為染疫破口，目前染疫人數尚在台灣政府控制之中。

「北部好危險，希望你不要介意，但可以問你一下週末都去了哪裡嗎？」又是那個喜歡找麻煩的大姊。

「我是回台北，不是去桃園。」在疫情之下，生活和情緒壓力劇增，所有人狀態都是一團亂，不知道如何因應。

「那你回去可以不要回來嗎？工廠這麼多人，大家都很怕你帶病毒回來。」說完，喜歡找我麻煩的大姊摀著口罩跑開，其實她只是講出很多人不敢講的話而已，害怕是理所當然。

「你不要太放在心上，北部聽說有幾家電子工廠有外勞群聚感染，我們也是工廠，大家每天要一起工作，這些老人家害怕也很正常。我最近坐火車上班，火車上很多外勞，很可怕。」大科看見我一個人，走過來試圖寬慰我。

電視上滿滿的都是播報疫情延燒的消息，北部一個電子廠因為外勞群聚染疫上了新聞，讓我想起阿聰。外勞對台灣人來說就像影子，是不願意面對但與我們一起生活的一群人，做著台灣人不想做的工作。新聞播放地方首長希望「外勞朋友」們可以遵守台灣的防疫措施，不要觸法。只有在這個攸關台灣人生命安全的時候，才會稱呼外勞為「朋友」。政府稱移工為「你們」，而不是「我們」——直到此刻，台灣人才從長期漠視的陰影中發現，原來台灣有四十萬名移工，除了做家庭看護以外，更多是在工廠工作。沒想到，台商過去把工廠遷移到落後國家，使用當地廉價的人口紅利。當工資上漲或遇到不可逆的災害因素時，便把工廠又遷回台灣，產品號標台灣製造，但真的是台灣人生產的嗎？

我好不容易從社群媒體找到了阿聰，然而阿聰的頁面幾乎沒有更新，都是過去和越南家人的合照。原來阿聰已經來台灣快一年了，在鄉下工廠打工。

「當初在越南工廠就叫你不要來，來之前也不查清楚。」我心裡嘆了口氣。

「我不知道啊，現在我們很擔心會感染病毒。有幾個朋友可以幫我們介紹打黑工，但是被抓到會被遣返。在台灣不知道什麼時候才能打到疫苗，在越南的話，可能早就打到了。」阿聰現在是進退兩難，想返鄉，又要還錢給仲介。

疫情期間，阿聰工作受傷切到手見骨，台灣主管都不敢靠近，像阿聰身上有病毒一樣，叫其他越南人帶他去包紮傷口，叫人趕快來現場清理消毒。病毒不可怕，人比病毒可怕多了。在疫病蔓延時，除非篩檢，沒有人知道自己是否真正染疫，也許我們都有病。而如果歧視是一種病，很多人都是偽陰性。

病毒持續變種，感染力備增，終於，台灣的首都台北也爆發了疫情。剛回台北過完母親節，萬華便出現破口。當所有人盯著電視新聞，眼看北部感染人數從單日二十八人，過了一天竟然飆高到一百八十人，所有人都知道，這次的疫情守不住了——但想想也確實如此，在高度全球化的當代社會，無論國籍、種族、語言與文化，各形各色的人皆不可能置身事外。每天動輒五、六百人感染，政府明令限制、禁止群聚與餐廳內用。居民減少外出，社會就像是原本全力運作的引擎，逐漸慢慢地卸載降速，沒有人知道景氣的青鳥何時回來。

每天見到人的問候語已經從「天氣狀況」和「吃飽了沒？」改為「今天感染人數是幾個人？」。聽起來很像活屍片或科幻電影的對話，強烈的滅世感讓人不禁懺悔對地球造成的傷害，但因為不能出門，下一秒依然打開購物網站，網購更多其他國家生產的低價商品。

每天下午的疫情記者會除了宣傳新的規定，更像是大型全民心理諮商，讓記者們有問必答，坦承透明才是安定人心的最佳策略。想來政府應該也是故作鎮定，也許世界末日對政府來說不是難題，說服人民面對滅世的未來，就像是父母為孩童講床邊故事，如何讓小孩安心入睡才是目標，有效地催眠人民在必須面對這場人類浩劫時，能夠提起勇氣安然面對，繼續日常生活延續生命。

新聞從一開始以頭版報導二位數染疫數目，到最後破千人死亡也只是一個數字，漸漸地人們開始以平常心面對這場大自然對人類的淘汰賽，習慣身邊有人染疫，為逝者哀悼而不是因命運而悲憤。

二〇二二年，Omicron[註7]傳入台灣，比起過去的不治之症，已經演變為較輕症的病毒株。許多大企業的白領員工已經習慣一人一台筆電，實行在家工作，相較之下，藍領階級還是必須外出工作，特別容易感染疾病，尤其是清潔工和建築工人。在炎熱的夏天裡，他們必須戴著口罩工作，這實在是一種折磨。很多人都因為無法忍受高溫而偶爾會脫下口罩。儘管大部分人對這種情況感到擔憂，但也能夠理解這些工人的處境。漸漸地隨著愈來愈多人染疫，直到大部分人都罹患過 Omicron，人們才終於會破解出病毒的解法。果真，就如最初英國學者說的，最終還是靠群體免疫才能夠結束這場瘟疫——人類終於看到一絲回歸日常生活的曙光。

加零成異

//

又過了一年，疫情終於像海浪退潮一般漸漸地退去。病毒不斷變種變弱，症狀逐漸地類似流感，被疾管署下修流行病等級，現在不會再稱得到Covid-19為「染疫」，而只是比較「Covid」的感冒。國與國之間的旅行不再需要幾週的隔離，人們開始脫下口罩生活。世界就是一個大工廠，全球工業的齒輪與鏈條開始恢復運轉，社會運作的傳動系統漸漸回歸正常，這場疫情就像從未發生過。

我搭上飛往峴港的直航班機，距離上次離開越南已經過了五年，那塊土地是否有所改變？兩個半小時後，飛機降落。即便這段距離很短，卻等了多年才再次踏上越南。外國人入境仍然要排隊等候，過海關後，我拖著行李前往巴士站。走出機場，儘管當時是聖誕節，但南國卻沒有一絲寒意，炎熱的太陽令我不得不脫下厚重的外套。這才是我印象中的越南！

經過四小時巴士旅程，我抵達沿海城市Tam Kỳ[註8]。一位司機來接我，我換搭上小巴士前往我的目的地Tam Thanh。小巴士的七人座位按照慣例擠了八個人，我看了看地圖，巴士到達Tam Thanh海灘度假村，是一個帶有紅色屋頂和白牆的越南復古洋房，我下車後在公車站等待，路邊有一些老人在遮蔭乘涼，我猜想這個小鎮大概沒有太多人會說英語。沒過多久，我從遠處看到阿聰騎著小摩托車，後面跟著一個高大的白人，兩部摩托車一前一後地騎到我面前。

「你終於到了啊！這是我的合夥人Mike，他要去附近買東西。」阿聰指指身旁遠高過他兩個頭的美國人。

「原本打算一兩年就可以回來越南旅遊，沒想到這一回台灣居然過了這麼多年，才又回來越南。」我開心地拍拍他阿聰的頭，這傢伙還是老樣子。

「對呀，我去台灣的時候都沒有見到你，沒想到是現在見到面。而且，我結婚啦！你錯過了我的婚禮。大概和你聯絡完沒多久我就回來啦，我覺得賺錢很好，但疫情的時候還是回家好。好了，快上車吧！我帶你去我的地方。」阿聰一腳跨上車，我像以前一樣跳上後座。

我跟以前一樣，坐在阿聰的機車後座，阿聰悠閒自在地騎車。他有個特別的騎車姿勢，就是一隻腳會懸空，他說這樣比較穩。

阿聰說：「這幾年吃得不錯啊，變重了喔！」

海外工作讓阿聰開闊了視野，因為疫情的影響，剛好Tam Thanh[註9]度假村上一個經營者正在轉手，阿聰用在台灣努力存下來的錢，和美國人Mike一起頂下了這個度假村。Mike在美國是投資分析師，老婆是美籍越南人。兩人在美國工作了幾年，長期高壓的工作和生活讓他們精疲力盡，因此來到越南，尋找另一種生活方式。做為一個衝浪愛好者，Mike一來到Tam Thanh就愛上了這裡的海浪。在認識阿聰後，兩人一拍即合，兩對夫妻合作把幾座茅草屋整理成了具有特色的別墅，他們還養了幾隻小狗，安穩地這裡經營著背包客旅店。

儘管冬天是越南的乾季，但有這一天下午卻突然下了一場雨。大概是海風帶來的水氣，水滴沿著茅草滴落。兩隻小狗躲在茅草下躲雨，旁邊堆放著幾顆發了芽的椰子。阿聰笑著說，他現在賺的錢比在台灣時豐厚得多了呢！

海邊用幾片舢舨釘成的木桌上，一台簡易的喇叭，播放著越南文的電台，廣播裡傳來一首聽不懂的越南歌，原來是再熟悉不過的披頭四的 *Yesterday*。雖然歌手以越南文演唱，但我心裡同調地以英文暖暖地哼著。

Yesterday
all my troubles seemed so far away
Nhưng hôm nay sao đời đầy những thương đau
Oh, I believe in yesterday

Suddenly I'm not half the man I used to be
Bóng tối đen bây giờ giăng mắc trên tôi
Oh, yesterday came suddenly

Yesterday... Ngày hôm qua...

//

註1　歐咪斯K，並有「歐咪斯K」、「歐斯K」等變體，台灣北部九〇年代小孩玩鬼抓人遊戲時，意指「暫停」，這句話通常在鬼快要抓到自己的時候大喊，並搭配雙手交叉或比成T字的手勢。

註2　奧黛（Áo dài）是一種傳統的越南服裝，通常由一件長袍和一條長裙組成。長袍和長裙都是身體貼身的，可以突顯女性的身材，並且能夠保持身體的曲線美。這種服裝經常被視為越南的國家服飾，並且在許多正式場合和傳統節日中穿著。

註3　勞力士水鬼錶（Submariner）是勞力士公司推出的一款著名的潛水錶，於1953年首次推出，是歷史上第一款具有防水功能達100米深度的機械潛水錶，是潛水錶中的經典之作，一支全新的勞力士水鬼錶的價格在10,000美元以上。

註4　ACG宅文化相傳：30歲依然保持處男之身，就會成為魔法師，處男之身保持的越久，能使用的魔法就越多，威力也越大。

註5　新冠肺炎流行初期，世界頂尖的研究員都對它一知半解，更別說是疫苗和試劑，兩者到幾年後才被研發上市。因此提出讓超過一半的人染疫，以達成群體免疫，令全世界譁然。

註6　產能為「生產能力」的簡稱，為成本最低產量與長期均衡中的實際產量之差。

註7　2021年11月9日首次在波札那被發現。Omicron變異株比以前的變異株更具感染性，引發的症狀卻比此前其他變異株要輕。

註8　Tam Kỳ 中譯為「三岐市」，位於越南中部，越南戰爭期間為美軍的主要基地。

註9　Tam Thanh Beach中譯為「譚清海灘」，位於三岐市。

第五章

田野舉隅——角色原型後續

真實世界的事與願違

//

唬哥繼續在原工廠熬了幾年，雖然這是一家「不是人待的」工廠，但是中年跳槽機會遠比年輕人少得多，好不容易終於辭去大陸的工作，在此之後接連換了五家工廠，每個工作他都跟我說：「我幹完這一票就要收山退休。」但是至今依然在東南亞各個工廠之間流轉，祝福他可以趕快幹完最後一票。

阿聰和阿桃非常善良，是我最希望他們能夠從工廠底層成功翻身的人。過了五年，阿桃依然在相同的工廠做著相同的工作，因為不知道離開工廠該何去何從，果然一直吵著要走的人，最後還是撐最久的。而阿聰因為中文真的太好了，已經跳槽到中國公司，但是似乎過著更血汗的生活。

小雞依然在工廠裡當主管，而她已經升職到越籍最高的職位，堪稱越籍幹部的天花板！就算已經位居頂天，卻依然矮台幹與陸幹一級。

胖胖的故事最離奇，我離開前最後一次借了他五十萬越南盾，接著他 Facebook 所有朋友都收到一張照片，是他拿著身分證以及一張借據，大概最後是真的和高利貸借錢。其他台幹阻止我繼續借錢給他，據說他的台籍主管幫他還了一萬五千元台幣的債，換得他繼續在工廠工作一年，然後便離職不知去向。對於他含著金湯匙長大的背景故事，令人存疑。有次和越南同事簡報時，看到他出現在視訊會議，大吃一驚！才知道他離開台資廠後，也應徵上外商，成為我的同事，終於成功地「階級翻轉」了！

胖胖不無其樂地對我說：「如果你再來胡志明市出差，要記得跟我說，我要請你吃飯。」

我揶揄他：「你非要請客不可，你還欠我錢呢！」

胖胖：「那真是我人生最艱困的時候啊！哈哈哈！」

Sophia 與 Dean 這兩位越吵感情越好的朋友，最後卻因一次大爭吵而不再聯絡。Sophia最終攢到了去西方國家留學的錢，踏上新的旅程，目標是在已開發國家留下來，不再成為在亞洲被奴役的員工。疫情後，Dean在家鄉買下了第二間公寓後，隨即訂了一張回越南的機票，回到他心心念念的越南，用已開發國家的薪水支付房貸，再用剩餘的錢繼續在越南過著小皇帝般的生活，每天發出一兩張被越南女生簇擁的照片，設法讓其他人羨慕他的生活。

莉欣因為身兼太多工作，最後終於無法負荷而辭職，疫情前回到台灣，在台灣工作了一陣子。雖然開心，但薪水始終讓她不太滿意。台灣薪資終究比不上外派的收入。因此，疫情過後她還是回到越南，任職於其他公司，繼續外派的生活。阿富在疫情前被中國的陸資工廠挖角，比起在越南，他還是更習慣在語言相通的中國工作。

水鬼和大科是兩個全然相反的人，水鬼認為工作是有方法的，光領死薪水沒前途，他從台灣公司辭職後，由於越南女友懷孕，結婚後便搬到越南，從台灣銀行貸款在越南炒房，買了兩間以上的房子當二房東，專門出租給高端商務人士。大科則是繼續留在公司，一步一腳印地晉升，照顧家人並過著穩定的類公務員生活。

本書主要用意為刻畫台幹群像。主角為女性，但作者特意使用中性人稱的「你」，用以模糊性別，不希望被標籤是「女」台幹的故事。

聯繫方式

相信我寫的故事只是台幹外派傳奇的九牛一毛，絕對存在著更多關於台幹的光怪陸離的趣事，或是不公平，或是被壓榨的辦公室鬼故事，抑或是真實不過的靈界鬼故事！以下附上我的郵箱，歡迎各位讀畢這部書的朋友們分享交流。

E-mail: flyingtrunk.tw@gmail.com，飛梗收。

期待您所擲來的故事的每一字！

停工待料：台廠人

南方家園出版｜Homeward Publishing

書系｜再現 HR

書號｜HR053

作者：飛梗｜封面版畫：飛梗｜書封題字：秦政德｜特約編輯：崔舜華｜裝幀設計：陳恩安｜排版：WGR｜發行人：劉子華｜出版者：南方家園文化事業有限公司

南方家園文化事業有限公司 NANFAN CHIAYUAN CO. LTD

地址：臺北市松山區八德路三段12巷66弄22號｜電話：02-25705215-6｜24小時傳真服務：02-25705217｜劃撥帳號：50009398／戶名：南方家園文化事業有限公司｜讀者服務信箱E-mail：nanfan.chiayuan@gmail.com｜總經銷：聯合發行股份有限公司｜電話：02-29178022｜傳真：02-29156275｜印刷：約書亞創藝有限公司／joshua19750610@gmail.com｜初版一刷：2024年8月｜定價：380元｜ISBN：978-626-98357-9-9｜9786269835782 (EPUB)｜9786269835775 (PDF)

國家圖書館出版品預行編目（CIP）資料

停工待料：台廠人／飛梗作。初版。臺北市：南方家園文化事業有限公司，2024.08｜320頁；14.8×21公分。（再現；HR053）｜ISBN：978-626-98357-9-9（平裝）｜863.55｜113011109